Disney

GRAVITY FALLS

Dipper e Mabel

EM: A MALDIÇÃO DO TESOURO DOS PIRATAS DO TEMPO!

Ao estilo "Escolha sua própria aventura!"

Escrito por Jeffrey Rowe
Histórias extras por Alex Hirsch
Arte por Emmy Cicierega
Edição original de Eric Geron
Design de Lindsay Broderick
Baseado no desenho animado criado por Alex Hirsch

São Paulo, 2019

Grupo Editorial
UNIVERSO DOS LIVROS

Diretor editorial: Luis Matos
Gerente editorial: Marcia Batista
Assistentes editoriais: Letícia Nakamura e Raquel F. Abranches
Tradução: Aline Uchida
Preparação: Aline Graça
Revisão: Juliana Gregolin e Nilce Xavier
Arte: Valdinei Gomes e Rebecca Barboza

Dados Internacionais de Catalogação na Publicação
(CIP) Angélica Ilacqua CRB-8/7057

R786g

Rowe, Jeffrey

Gravity Falls : Dipper e Mabel em A maldição do tesouro dos Piratas do Tempo! / escrito por Jeffrey Rowe; histórias extras por Alex Hirsch; arte por Emmy Cicierega ; edição original de Eric Geron; design de Lindsay Broderick; baseado no desenho animado criado por Alex Hirsch; tradução de Aline Uchida. –– São Paulo : Universo dos Livros, 2019.

288 p. : il., color.

ISBN: 978-85-503-0432-8

Título original: *Dipper and Mabel on The curse of the Time Pirates' treasure!*

1. Literatura infantojuvenil 2. Gravity Falls (Programa de televisão) 3. Desenho animado I. Título II. Hirsch, Alex III. Cicierega, Emmy IV. Geron, Eric V. Broderick, Lindsay VI. Uchida, Aline

19-0922 CDD 028.5

Universo dos Livros Editora Ltda.
Rua do Bosque, 1589 - Bloco 2 - Conj. 603/606
CEP 01136-001 - Barra Funda - São Paulo/SP
Telefone/Fax: (11) 3392-3336
www.universodoslivros.com.br
e-mail: editor@universodoslivros.com.br
Siga-nos no Twitter: @univdoslivros

Olá, querido leitor!

O que você possui em suas mãos não é um livro comum. Este livro é uma aventura, na qual você toma todas as decisões! Ou aquele amigo insistente, se ele ou ela estiver lendo por cima de seus ombros. Odeio quando as pessoas fazem isso. Estou falando de você, Steve.

Nossos personagens têm uma jornada arriscada pela frente e é você quem deve fazer as escolhas certas para enviá-los a um final feliz ou a um destino apavorante. Se por acaso você acabar lançando Dipper, Mabel e Blendin para um buraco de minhoca do espaço-tempo, não se sinta mal. Você sempre pode ativar o modo de viagem do tempo conhecido como "voltar as páginas" e tentar novamente. Com bom senso e sorte suficientes, você conseguirá encontrar o cobiçado Tesouro dos Piratas do Tempo! Para o seu próprio bem, espero que consiga, porque aquele amigo que está lendo por cima dos seus ombros provavelmente irá te zoar caso falhe. Steve é tão insuportável às vezes! Ele acha que é melhor do que eu só porque o pai dele tem um iate. Boa sorte em fazer as escolhas certas... se tiver coragem!

Cordialmente,
Narrador Onisciente Sem Nome

INTRODUÇÃO

É um dia como qualquer outro em Gravity Falls! A brisa sopra devagar na grama verde, o sol perpassa os galhos das árvores e dois gêmeos muito conhecidos passeiam pela floresta. Como sempre, estão no meio de uma discussão:

– Não importa – diz Dipper Pines. – Só escolhe um logo!

– Importa SIM – responde Mabel Pines, segurando dois suéteres nas mãos. – O suéter que uso deve combinar perfeitamente com o dia! Se estiver ensolarado, então devo usar meu suéter de "Cachorrinhos com Óculos de Sol". Mas também tenho um bom pressentimento quanto ao suéter "Novelo de Lã com Glitter".

– Pequenas escolhas como essas não têm importância – diz Dipper. – Por isso uso a mesma roupa todos os dias, assim posso me focar nas escolhas IMPORTANTES.

– E todo mundo também pode focar em tentar ignorar o fato de que você fede! – Mabel ri. Depois de ponderar seriamente, ela enfim coloca o suéter com o novelo de lã, deixando o outro de lado. – Acho que vou com o "Novelo de Lã" hoje – afirma. – Usei o de cachorrinho ontem e por isso não quero que as pessoas pensem que sou previsível.

Dipper coloca o braço na frente de Mabel e ela para:

– Você escutou isso? – ele pergunta.

Mabel olha em volta.

– Poderia ser o som dos amantes da moda no mundo todo aplaudindo meu suéter?

Dipper franze as sobrancelhas.

– Parece que tem alguém... cavando. – Ele leva Mabel até o topo de uma colina cheia de musgo. Lá de cima eles espiam até que...

POW!

– Mas que porcaria! – reclama um homem gordalhão com macacão prata e óculos, que acabou de bater com uma pá na própria cara. Ele está em pé, no meio de uma clareira, com centenas de buracos cavados ao seu redor.

– Blendin Blandin! – grita Mabel, sorrindo.

– Quem está aí? – Blendin grita, segurando a pá tal qual uma espada, e ameaça: – Tenho muitas armas futurísticas e não tenho medo de descobrir como se deve usá-las caso você se aproxime!

Dipper e Mabel riem e descem da colina.

– Ei, cara, tá tudo bem? – pergunta o garoto.

– Tudo certo com o novo cabelo? – Mabel quis saber.

– VOCÊS DOIS! – diz Blendin. – Eu deveria saber. Saibam que meus afazeres não são da conta de ninguém!

– Parece que tem muitos buracos por aqui, hein?! – diz Dipper.

– Centenas de buracos – Mabel completa.

– Por que tantos buracos? – o gêmeo pergunta.

– Você está procurando castores? – a garota indaga. – Porque, se estiver, nós queremos participar. Eles são muito fofos!

Blendin arqueia as sobrancelhas.

– O que estou fazendo é segredo! – ele diz mal-humorado, antes de acidentalmente acertar a pá em si mesmo mais uma vez. Ele resmunga e quebra a ferramenta. – Tudo bem, vou contar para vocês, mas só porque preciso de ajuda! Estou procurando um tesouro enterrado que foi escondido por um cara louco. Esse tesouro é tão grande e poderoso que até mesmo as pessoas mais bondosas mataram seus inimigos só para consegui-lo.

– É o tesouro da amizade? – pergunta Mabel.

– Não, não é amizade! – grita Blendin. – Estou falando do lendário TESOURO DOS PIRATAS DO TEMPO!

– Ooooooooooh! – Mabel exclama.

– É o melhor tesouro de todos os tempos porque é composto de TODOS os melhores tesouros de todos os tempos. Os Piratas do Tempo são um grupo de rebeldes que atuam como Agentes Executores de Anomalias do Tempo, viajando pela História e roubando os tesouros mais famosos do mundo. Eles já roubaram o Santo Graal! A Pedra Filosofal! O pássaro dodô de estimação de Abraham Lincoln! E se vestem como piratas porque... é legal!

– Isso é questionável – afirma Dipper.

– Ei! Eles são o grupo de charlatões mais temido e respeitado que já existiu! – Blendin explica. – E eu descobri uma forma de roubar suas valiosas riquezas!

– Roubar de piratas sanguinários parece um pouco perigoso – o garoto diz. – Eu achava que você odiava o perigo... e qualquer coisa do tipo.

– Veja bem – suspira Blendin. – Não sei se você sabe disso, mas minha vida não tem sido exatamente incrível. Ainda que você tenha me ajudado a conseguir meu emprego de volta, eu moro com a minha mãe, meus colegas de trabalho tiram sarro de mim e ando tão estressado que meu cabelo novo cai o tempo todo. – Blendin puxa um tufo de cabelo e o joga ao vento. – Se eu conseguisse pelo menos uma parte daquele tesouro, finalmente teria o respeito de que preciso. Mas não consigo fazer isso sozinho, se você ainda não percebeu. – Blendin aponta para as centenas de buracos. – Então, o que me dizem? Vocês me ajudarão a roubar dos roubadores?

– Não sei – Dipper reflete. – Nós íamos assistir TV o dia inteiro hoje.

– Ou ler um livro – Mabel completou. – Vi na TV que ainda tem gente que faz livros.

– Nós poderíamos dividir o tesouro em três partes! – diz Blendin, sorrindo. – É mais de um milhão de dólares para cada um!

– Mas viajar no tempo não é, tipo, superperigoso? – pergunta o garoto. – E se eu pisar em um galho e criar um futuro no qual todos são reptilianos?

– Um cenário com reptilianos só acontece por volta de quarenta por cento das vezes – Blendin explica. – E eles são criaturas supersimpáticas. Além disso, eu trouxe armas laser para nos manter seguros! Olhem!

Blendin saca uma das mais estranhas armas de viagem no tempo e atira para a floresta. Eles escutam o que parece ser o Toby Determinado gritando bem longe.

– Viram? Funciona que é uma maravilha! – Blendin afirma.

Dipper e Mabel trocam olhares e concordam em se afastar para confabular.

– Ter muitos tesouros pode ser legal, Mabel – o irmão sussurra.

– Sim! Eu poderia usar o dinheiro para comprar sapatos-trampolim ou ainda para cobrir o Waddles em ouro! – a gêmea responde.

– E eu poderia construir meu próprio laboratório visando estudar as coisas estranhas que acontecem em Gravity Falls! E talvez comprar centenas de conjuntos de roupas iguais! – Dipper olha para Blendin, que está observando os dois de longe, e depois se volta para a irmã: – Então, o que faremos, Mabel? Devemos ajudar Blendin?

Leitor, o que Dipper e Mabel devem fazer?

RECUSAR A OFERTA DE BLENDIN:
VÁ PARA A PÁGINA 73.

PROCURAR O TESOURO:
VÁ PARA A PÁGINA 105.

MATAR O DRAGÃO

– **DRAGÕES! – diz Dipper,** tirando o *Diário 3* do seu colete. – Encontrei alguns ossos desses em Gravity Falls, mas nunca vi um ao vivo. Esta é uma oportunidade incrível!

– Dragões não são basicamente só uns dinossauros que falam? – pergunta Mabel.

– A ciência ainda discorda disso – o gêmeo assegura.

– Muuuuuuuitooo bem! – diz o rei em um guincho. – Sr. Suitsly, equipe-os com armaduras!

Um velho alfaiate de óculos aparece mancando, mede o trio, e então bate palmas. Surgem dois escudeiros, que equipam os gêmeos e Blendin com armaduras. As mãos profissionais do alfaiate esculpem símbolos customizados em seus peitorais.

– O meu é uma ampulheta! – diz Blendin. – É perfeito!

– E o meu é uma estrela cadente! – Mabel observa.

– Ei, o meu é um pinheiro! – o gêmeo fala.

– Não fiquem muito contentes – diz o rei. – Esses símbolos são apenas para facilitar a identificação de seus corpos depois que morrerem. – Blendin franze as sobrancelhas. – Escudeiro, mostre a eles a flauta do dragão! – o rei ordena.

Um escudeiro vem cambaleando com uma caixa de madeira e a abre. Dentro, há uma flauta com um dragão esculpido.

– Esta é a flauta do dragão. O som de uma nota dela faz qualquer dragão adormecer! – o rei explica.

– Se é tão fácil assim, por que nenhum de vocês a usa? – Dipper pergunta.

– Porque não faço ideia se funciona! – diz o rei. – Ou você acha que sou tão burro assim para arriscar a minha vida tentando usá-la?

Ele solta um riso estridente, enquanto o escudeiro entrega as espadas ao trio. Dipper passa uma para Mabel e a outra para Blendin.

– E aqui está o mapa da caverna do dragão – diz o rei, entregando a Dipper um rolo de pergaminho. – Bom, só irei contar tudo sobre o pirata e a chave que vocês comentaram depois que retornarem. Tchauzinho! Vão, vão!

Um grupo de cavaleiros escolta o grupo para fora do castelo.

– O dragão vive naquela direção – resmunga um cavaleiro, apontando para as colinas depois da aldeia. – Boa sorte. – Ele lhes entrega uma tocha, ri, e bate as portas do castelo.

– Bom, parece que é hora de aventura! – diz Dipper.

Mabel pega um alaúde de um camponês transeunte. Conforme caminham em direção à floresta, ela começa a cantar:

Oh, preste muita atenção para escutar a canção!
Sobre Mabel, a garota que mata dragão!
Ela viajou por terra, céus e mar!
Com Blendin, o careca, e Dipper, o impopular!

– Por favor, alguém tire esse negócio da mão dela – resmunga Dipper.

Treze versos depois, o trio já tinha viajado por vales estreitos e pequenos, chegando finalmente à caverna do dragão.

– *Com sua espada na* mão, *ela derrotou o dragão! E depois se casou com um príncipe gatão!* – canta Mabel.

– Shhhh! – sussurra Dipper, movendo a tocha ao redor.

Ossos humanos estão espalhados em volta da caverna escura, e estalactites pontudas e íngremes, como se fossem dentes tortos, pendem no topo da entrada. Lá de dentro, é possível escutar um eco ameaçador vindo da respiração do dragão. Isso faz o chão sob os pés do grupo tremer.

– Tudo bem, nós precisamos apenas entrar devagarinho e tocar a flauta do dragão – diz Dipper. – Com sorte, conseguiremos fazer o dragão adormecer antes que ele nos queime vivos e, então, roubamos de volta o cálice favorito do rei. Além disso, talvez eu pegue algumas escamas e leve para casa, para deixar o Soos com inveja.

– Quem precisa de escamas de dragão quando se tem um tesouro inteiro para pegar? – diz Mabel.

– Huuum, t-todo mundo está m-muito de acordo com esse p-plano? – gagueja Blendin, enquanto sua armadura treme e os joelhos balançam, batendo juntos. – Os crânios quebrados e os ossos espalhados pela caverna estão me deixando meio receoso.

Dipper olha para o mapa do rei.

– Bom, de acordo com este mapa, existe um penhasco alternativo que dá acesso a uma entrada no fundo da caverna – ele diz, fazendo um gesto para um precipício estreito que está desmoronando, precariamente acompanhando a montanha até o topo.

Blendin estremece:

– Minha nossa, as coisas só pioram.

– Bem, a escolha é sua – diz Dipper. – Quer ir pelo penhasco alternativo e se esgueirar pelos fundos? Ou ir com tudo pela frente e torcer para que a flauta funcione?

Blendin resmunga:

– Odeio tomar decisões.

Por sorte, ele tem a você, leitor, para tomar uma decisão.

ENFRENTAR O DRAGÃO COM A FLAUTA:
VÁ PARA A PÁGINA 189.

SURPREENDER O DRAGÃO POR TRÁS:
VÁ PARA A PÁGINA 156.

EXPLODIR OS PROPULSORES

– Vou explodir os propulsores! – Mabel grita. – Esse botão é grande e vermelho, o que sempre significa algo bom! Três... dois... um! – Ela bate a palma da mão no botão.

Por um momento, nada parece acontecer e então, de repente...

VUUUUUUUM!

Com uma força maior que qualquer coisa que eles já experimentaram antes, o veículo dispara adiante como um foguete. A aceleração da força-*g* é tão intensa que Dipper e Mabel se esforçam para se manterem em seus assentos. Com uma explosão sônica, eles aceleram, passam o Corredor T e cruzam a linha de chegada.

– Nós ganhamos! – grita Mabel, seguida pelo irmão:

– Nós conseguimos!

A plateia comemora.

Blendin sai tropeçando das arquibancadas e corre para encontrar os irmãos.

– M-m-m-muito bom, pessoal, isso foi realmente incrível! Já vi muitas corridas na vida, mas aquilo foi realmente demais! – ele grita, abraçando os dois.

Os gêmeos quase não conseguem respirar.

– Eu quero que conheçam alguém – diz Blendin, soltando-os. – Dipper e Mabel, esse é o ex-Pirata do Tempo que nós libertamos, Dos Hunthou!

Dos Hunthou, o condenado sem camisa, musculoso, com uma cicatriz do tempo, corre até os gêmeos como se fosse um filhotinho ansioso.

– Mestre, mestra, como posso ajudá-los? – pergunta Dos Hunthou com uma reverência.

A Chave do Tempo cai dos grilhões em volta de seu pescoço, pendurada por uma corrente.

– Faça uma dança engraçada! – grita Mabel. – E é melhor que tenha chutes!

Dos Hunthou imediatamente cumpre a ordem.

– Espera! – diz Dipper. – Na verdade, estamos aqui para te libertar. Se nos der essa chave que está em volta do seu pescoço, terá sua liberdade!

Dos Hunthou olha para baixo, para sua chave.

– Essa chave? Mas é claro! – Ele entrega o objeto a Dipper.

– Sim! – diz Dipper.

– Agora, me diga, mestre, em que posso servi-lo? – pergunta Dos Hunthou.

– Er, cara, não sou seu mestre – o gêmeo responde. – Você está livre agora. Vai ser livre!

– Ceder a minha liberdade foi o gesto mais bondoso que alguém já fez por mim! Estarei para sempre em dívida com você! Farei tudo o que desejar, para sempre! – Dos Hunthou alega.

Dipper coça a cabeça:

– Você percebeu que está trocando uma prisão por outra, certo?

Dos Hunthou olha para ele sem expressão.

Dipper puxa Mabel e Blendin de lado:

– Pessoal, não sei o que fazer quanto a isso. Não podemos levá-lo com a gente...

– Será que a gente não pode simplesmente deixá-lo no acostamento, com uma nota de vinte dólares presa na corrente em volta do pescoço? – pergunta Mabel.

– Queria que isso fosse possível, mas seria muito desonroso para ele! – Blendin explica. – Ele viveria o resto da vida com vergonha! Temos que levá-lo conosco, como nosso ajudante sagrado, ou passá-lo para outra pessoa que precise de seus serviços. O que devemos fazer?

Os gêmeos olham entre si e encolhem os ombros.

Uma mosca pousa no olho de Dos Hunthou.

Ele não a espanta.

– O que vamos fazer, Mabel? – pergunta Dipper.

DAR DOS HUNTHOU PARA ALGUÉM QUE PRECISE DELE: VÁ PARA A PÁGINA 256.

ACEITAR DOS HUNTHOU COMO SERVO: VÁ PARA A PÁGINA 66.

FUGA DA PRISÃO DO FUTURO

– **Vamos invadir uma prisão do tempo! – diz Mabel.** – Será que vai rolar uma... *rebelião*? Hum? Hum? – Mabel acotovela Blendin.

– Escute, Mabel, a Infinitenciária não é brincadeira! – grita Blendin. – Eu estive naquela armadilha mortal por mil anos. Ou talvez dois anos. Sou bem ruim em contar o tempo. Talvez seja por isso que eu sou demitido com tanta frequência do meu emprego. – Dipper e Mabel reviram os olhos. – O que quero dizer é: entre as gangues do tempo e os ratos flutuantes, nós teremos um trabalho duro pela frente. Mas Davy Tempo-Jones está naquela prisão e tem as respostas que queremos e, se precisamos libertá-lo, antes temos que entrar lá. Alguma ideia?

– Ok – diz Dipper, andando de um lado para outro. – Tenho um plano. A primeira coisa que devemos fazer é escolher alguns criminosos que são fugitivos. Passaremos um ano estudando seus gestos e estilos de vida, para conhecê-los tão bem como se fôssemos eles. Então, com a ajuda de um cirurgião reconhecido mundialmente que possui tecnologia militar confidencial, vamos trocar nossos rostos pelos deles, iremos para a prisão e nos passaremos por eles. Depois de muitos meses ganhando a confiança dos presidiários e provando que somos criminosos perigosos, escaparemos com seus segredos. Maaaaaas... Quando voltarmos para o mundo real, descobriremos que os criminosos que personificamos pegaram *nossos* rostos e talvez seja preciso lutarmos em um duelo lendário contra eles, e talvez haja pombos. Sempre há pombos.

Mabel bufa e ri:

– Mano, você está se esquecendo do que o Tivô Stan nos disse. Entrar na prisão é fácil! Aqui, olha só isso! – a menina vê um policial andando, então puxa sua camisa: – Com licença, gostaríamos de confessar crimes do tempo!

– Quais? – pergunta o oficial.

– Todos eles – Mabel afirma. – Todos os crimes do tempo.

– Estelionato de tempo? – pergunta o homem.

– Aham.

– Roubo de relógio?

– Sim!

– Tempo-cídio?

– Total!

– Exposição indevida de ponteiros?

– Absolutamente.

– Massacre veicular temporal?

– Isso também!

– Crono-duta indisciplinada?

– Uhuuuuum!

– Falsificação de tempo?

– É claro!

– Lavagem de tempo?

– Sempre!

– Tráfico de minutos?

– Todo dia, todo dia!

– Incêndio criminoso de futuro?

– Dois desses!

– Apropriação indevida de tempo?

– Totalmente!

– Sério? Apropriação indevida de tempo? – ele pergunta.

– A gente se apropria indevidamente do tempo de algumas pessoas pra caramba – ela diz.

O oficial da polícia encara Mabel, Dipper e Blendin:

– Bem, vocês três claramente são os criminosos mais cruéis que já conheci. Melhor mandar todos para a prisão por toda a eternidade! – Ele pega as algemas.

– Uhul! – os três comemoram em uníssono.

O policial leva o grupo para uma estação policial futurista. Ele obriga o trio a trocar suas roupas por macacões listrados e também retira as armas laser de Blendin.

– Oooh! Esses macacões da prisão são surpreendentemente confortáveis – Mabel observa, alisando o seu.

– É o futuro! – diz Blendin. – Tudo é feito de elastano! Roupas, cadeiras e às vezes celebridades.

Os gêmeos esfregam seus braços para sentir a suavidade do elastano, enquanto fazem muitos *Oohh* e *Aahh*.

– Por favor, parem de apreciar suas roupas de prisão – o guarda ordena, rispidamente.

Dipper e Mabel ficam de cara feia.

Momentos mais tarde, Dipper, Mabel e Blendin são empurrados para a traseira de um carro flutuante de esquadrão. Em segundos, eles passam pela estratosfera e atracam em uma enorme estação espacial no formato de um símbolo do infinito. Uma placa flutuante diz:

A INFINITENCIÁRIA: SEU TEMPO ACABOU

– Bem-vindos à Infinitenciária. Primeira parada: cafeteria.

Uma porta se abre à frente do trio e eles se encontram cara a cara com uma cena de total caos: centenas de presidiários estranhos, alienígenas e charlatões estão no meio de uma guerra de comida. Um bate na cabeça do outro com um relógio, pega seu repolho cozido e empurra goela abaixo de um terceiro.

– O que está acontecendo? – berra Dipper.

– Briga de gangues – explica o guarda. – Esta prisão está sob o comando de duas gangues rivais. Francamente, não entendo por que elas se tornaram rivais. Talvez seja a loucura do tempo. Enfim, boa sorte em manter-se vivo. – O guarda fecha a porta e lacra os dutos de ar atrás deles.

Os gêmeos e Blendin encaram a multidão. Um prisioneiro meio homem, meio pássaro guincha logo acima, derrubando mostarda em um grupo de gente brindando, vestida com uniformes listrados. Um humano gigante com um olho só usa uma colher como catapulta e lança purê de batatas.

Dipper, Mabel e Blendin se encostam na parede.

– *Gleeee glor!* – grita um homem camaleão que está se camuflando com a parede. – *Gleem glop glop!* – Ele empurra o trio para longe dele e em direção ao centro do local.

– O que vamos fazer? – pergunta Mabel. Ela desvia de uma torta. – Eu sou péssima em guerra de comida! Sempre quero comer a minha artilharia!

– Eu não sei! – berra Blendin. – Nunca fiz parte de uma gangue! Normalmente eu me escondo em algum canto e tento me camuflar com a superfície mais branca que conseguir encontrar!

Um presidiário grande, barbudo e tatuado se aproxima dos gêmeos e de Blendin. Ele tem um tapa-olho e uma tatuagem de caveira com ossos cruzados em seu ombro. Ele pega uma tigela de chili para jogar neles.

– Eu sou Davy Tempo-Jones e nunca vi vocês aqui – ele rosna. – De qual lado estão? Você é um Rei do Relógio ou um Duque do Tempo? – ele pergunta, com os olhos arregalados. – Porque dependendo da sua resposta, vocês podem ser meus devotos irmãos ou meus piores inimigos.

Mabel balbucia:

– Hum... hum... O Blendin sabe!

Blendin balbucia:

– Hum... hum... O Dipper sabe!

Dipper balbucia:

– Hum... hum... Nós somos...

DUQUES DO TEMPO: VÁ PARA A PÁGINA 253.

REIS DO RELÓGIO: VÁ PARA A PÁGINA 278.

COMPETIR CONTRA ELE

– **Eu escolho... o COMBATE! – Dipper afirma,** dando um passo à frente.

Mabel e Blendin ficam boquiabertos.

– Espera, o quê? – grita Mabel. – *Combate*?

– Espera, eu quis dizer xadrez – Dipper se corrige. – Eu disse xadrez, certo?

Mabel faz um movimento negativo com a cabeça.

– Uou, isso saiu errado e foi péssimo – o gêmeo diz.

– Que assim seja! – declara o rei, batendo palma.

Um escudeiro prende a armadura em Dipper e o coloca em cima de um cavalo.

– Então, hum, cara, você tem alguma dica? – pergunta Dipper.

– Acerte o adversário com a parte pontuda – o escudeiro o orienta. – E seja o primeiro a fazer isso.

Dipper engole em seco.

Momentos mais tarde, o rei, do trono em sua sacada dourada, vê o campo de combate. É uma arena enorme, enfeitada com tapeçarias de várias cores, que representam as mortes heroicas de combatentes fracassados do passado. Mabel e Blendin estão ao lado dele. Abaixo, em uma túnica listrada, com a palavra *"juiz"* costurada, está uma galinha, que cisca o chão. Dipper cavalga na direção do campo de combate e a plateia comemora.

– Sério, pessoal, eu realmente quis dizer xa-xadrez – Dipper gagueja. – Você realmente vai deixar uma criança entrar em combate com um homem adulto?

Trompetes anunciam a chegada de Sir Swollsley.

– ISSO aí! ISSO aí! Olhem pras minhas gaitas de fole! – Swollsley grita, flexionando os braços.

– Quando o trompete tocar, vós deveis disparar e tentar desmontar um ao outro! – o rei grita aos competidores. – Aquele que mantiver-se em pé será o vencedor!

– Sim, mano, eu amo isso! EU AMO ISSO! – grita Swollsley.

– E quem perder será lembrado em uma das nossas adoráveis tapeçarias da morte, agora disponíveis para venda em nossa Loja de Presentes! – grita o rei.

Dipper engole em seco, abaixa seu visor e tenta se focar. Ele fixa os olhos em Swollsley, que está beijando a própria lança e os bíceps.

O trompete soa.

Dipper e Swollsley saem em disparada, aproximando-se em uma velocidade perigosa. O garoto se balança para cima e para baixo em seu cavalo, mal conseguindo segurar a lança reta. Assim que está a uma curta distância, fecha os olhos e...

BLAM!

Dipper abre os olhos. Ele ainda está sentado em seu cavalo. Ao olhar para trás, vê que desmontou seu oponente com sucesso.

– Incrível! – grita Mabel da sacada. – Dipper é tão pequeno que a lança de Swollsley passou direto por ele!

– NÃO! ISSO NÃO TÁ CERTO, MANO! – berra o cavaleiro derrotado.

– Uou! – grita Dipper, colocando o visor para trás e abrindo um grande sorriso.

– Iupiiiii! – grita o rei, batendo palmas freneticamente.

– Uhul! Agora será que a irmã pode obter a chave dela? – pergunta Mabel.

– Ho-ho-ho! Deus, não. Não até que Dipper peça a mão de minha filha em casamento! – alega o rei. – Essa é razão pela qual estamos aqui, lembra?

– Espera, o *quê*? – diz Dipper.

– Um casamento! Isso é tão emocionante! – Mabel solta um grito agudo.

– O *quê, Mabel*? – Dipper solta. – Eu não quero me casar!

– Ah, mas você vai – o rei afirma. – Seria um grande insulto para mim se você não casasse. Você irá se casar com minha filha, ou encontrará um pretendente para te substituir ou então enfrentará as consequências de desafiar o rei!

Os cavaleiros do rei rodeiam Dipper, apontando-lhe suas lanças.

A galinha juiz parece não ter uma opinião sobre o assunto.

– O que vai ser, garoto? – indaga o rei.

Eu te digo uma coisa: Dipper entrou em uma fria agora!

ACEITAR O CASAMENTO: VÁ PARA A PÁGINA 114.

ENCONTRAR UM PRETENDENTE SUBSTITUTO: VÁ PARA A PÁGINA 25.

RECUSAR SE CASAR COM A FILHA DO REI: VÁ PARA A PÁGINA 84.

ENCONTRAR UM PRETENDENTE SUBSTITUTO

– **Ok, ok, eu sei que parece loucura** – Dipper fala ao rei –, mas não estou superempolgado com a ideia de me casar e você realmente quer alguém para casar com a sua filha, então tudo bem se eu encontrar um pretendente substituto? Tipo um solteiro muito qualificado que possa ter uma conexão verdadeira e cheia de romance e, daí, você pode casar sua filha com ele, e a gente pode seguir nosso caminho!

O rei passa a mão pela barba.

– Quanto tempo esse processo vai levar?

– Literalmente um segundo! – anuncia Dipper. Ele pega a fita métrica do tempo da mão de Blendin, puxa e some de vista. Exatamente um segundo depois, com um triunfante flash de luz, o gêmeo retorna com um solteiro familiar.

– Ei! Tire suas mãos de mim, mané! – reclama Robbie, tropeçando pelo chão. – O quê? *Onde estamos*? Isso é uma vila Amish ou algo do tipo?

– Você está na minha corte, jovem escudeiro, para se casar com a minha filha! – diz o rei.

Robbie olha para Dipper.

– Isso é sério?

Dipper faz um sinal afirmativo com a cabeça.

– Aí sim! – diz Robbie, dando um soquinho com as mãos. – Um castelo gótico sombrio. Realeza. Uma bela dama... Espera, ela é bonita, certo?

O rei bate palmas e uma garota ruiva aparece:

– Eu apresento a vocês minha filha, Wendinella!

Ela se parece exatamente com a Wendy.

– E aí, cara? – a moça o cumprimenta.

Robbie dá outro soquinho com as mãos. Em seguida, ele toma o alaúde de um escudeiro e começa a dedilhar uma melodia.

– Cara, você toca alaúde? Não creio! – Wendinella fala. – Eu sempre quis namorar um músico.

– Bom, agora você vai se casar com um, *baby* – diz Robbie com um sorriso bobo.

Wendinella fica encantada pelo rapaz.

Dipper dá um tapa no próprio rosto.

– Rá! Aposto que você desejou não ter feito essa escolha! – Mabel afirma.

– Nós podemos voltar e desfazer isso, *certo*? – o irmão quis saber.

– Ei, onde está a fita métrica do tempo?

Dipper nota que Robbie pegou a fita métrica do tempo e a está rodando em seu dedo:

– Acho que você não vai mais precisar disso! – diz Robbie, atirando-a no chão e fazendo-a se estilhaçar em centenas de pedacinhos. – Ei, o que vocês três, escravos-manés estão olhando? Para os meus estábulos, agora! Vão procurar para mim o cavalo mais preto e mais gótico e comecem a escová-lo!

Os gêmeos e Blendin percebem que não podem argumentar contra o mais novo rei coroado, o Rei Robbie.

Para eles, parece que esse é o...

FIM.

DISFARÇAR-SE DE GUARDA PARA FUGIR

– **Vamos fazer como Chamillacles e nos esconder,** mas à vista de todos! – diz Dipper, pegando o uniforme do guarda. Há apenas uma arma crono-laser no chão. O garoto nota que Davy Tempo-Jones está de olho nela. Dipper a pega. – Eu vou ficar com isso – ele diz a Davy. – Estou começando a me perguntar se podemos realmente confiar nesses caras – ele murmura para Mabel.

Rapidamente, todos colocam os uniformes dos guardas por cima de suas vestes de presidiários e veem seus próprios reflexos na parede de metal. Eles ficam bem convincentes como guardas.

– Eu queria ser mais magro – lamenta Blendin.

– Um uniforme faz você se sentir tão *poderoso*! – Mabel afirma, batendo o cassetete na palma da mão.

Chamillacles murmura algo em Gleep-Glorp e aponta seu dedo escamoso para a Estação de Transporte de Guardas, um lugar cheio de tubos brilhantes, feitos para teletransportar os guardas de volta à Terra.

De repente, um batalhão de reforço se vira e os veem!

Por um longo momento, os guardas apenas os encaram.

– Eles foram para esse lado! APRESSEM-SE! – berra Mabel, apontando por cima de seu ombro. – E é melhor que vocês façam massagens nas costas uns dos outros enquanto marcham, para demonstrar apoio!

Os guardas se endireitam e seguem as ordens da garota.

– Sim, senhora! – eles gritam, massageando e marchando ao mesmo tempo pelos corredores.

– Eu realmente estou mudando esse lugar! – diz Mabel.

Eles se aproximam da porta de vidro da Estação de Transporte de Guardas.

Davy Tempo-Jones corre até a porta e aperta o teclado de segurança para conseguir acesso. Não funciona. Ele continua inserindo o código errado e uma luz vermelha começa a piscar. Uma voz robótica diz: – EXCESSO DE TENTATIVAS ERRADAS. – Um alçapão se abre no chão.

Chamillacles cai, gritando blasfêmias em Gleep-Glorp até não ser mais possível escutá-lo.

O grande abismo separa o trio de Davy Tempo-Jones. Há um cabo elétrico suspenso do teto que os gêmeos e Blendin poderiam usar para balançar e atravessar, mas está do lado de Davy Tempo-Jones.

– Jogue o cabo para nós! – Dipper grita para ele.

– Nós não gostamos de buracos nem de cair! – adiciona Mabel.

– Não, joguem a arma laser para mim! – berra Davy Tempo-Jones. – Preciso abrir essa porta!

– Bom, então nos ajude a atravessar isso aqui primeiro! – grita Dipper.

– Não temos tempo! Só joguem a arma!

– Como eu vou saber que você não vai nos trair?

– Vocês não sabem! – berra Davy Tempo-Jones. – Agora, jogue a arma!

– Mais guardas estão vindo! – berra Blendin. – Estamos perdendo tempo!

Dipper olha para a arma em suas mãos e depois para o outro lado, onde está Davy Tempo-Jones.

O que ele deve fazer? Será que ele pode confiar em Davy para jogar-lhe o cabo? Ou Dipper deve tentar pular o abismo mesmo sem ajuda?

**JOGAR A ARMA PARA DAVY:
VÁ PARA A PÁGINA 35.**

**TENTAR PULAR POR CIMA DO ABISMO:
VÁ PARA A PÁGINA 159.**

TENTAR ESCAPAR COM BLENDIN

– **Não confiei nos Gleeful no passado** e também não vou confiar neles no futuro – Dipper sussurra para Mabel. Ele se vira para Glorglax Gleeful. – Sabe de uma coisa, nós tivemos uma chance e não funcionou, então acho que deveríamos... AGORA!

Mabel atira um punhado de areia no ciborgue-vendedor e eles começam a correr.

Glorglax Gleeful berra:

– AAAAH, meus olhos! Preciso deles para ver os outros!

Os gêmeos agarram Blendin e correm pelo portão, na direção de uma feira lotada.

– Engenhoso! – exclama Blendin. – Como vocês sabiam que a Areia do Futuro é a substância mais afiada e dolorosa da Terra?

– Hum... Nós não sabíamos – Mabel confessa. – Ele vai ficar bem, né?

– Agora é tarde demais! Vamos nos separar para despistá-lo – diz Blendin. – Encontro vocês embaixo da estátua gigante do Bebê do Tempo em dez minutos! – Blendin se separa de Dipper e Mabel.

Mas Glorglax já recarregou sua plataforma flutuante e está perto deles.

– Escondam-se! – grita Mabel.

Os gêmeos desviam e vão ao encontro da feira lotada, passam por inúmeros comerciantes do tempo que vendem todos os tipos de barbas do tempo, tapetes do tempo e tartarugas do tempo, até que eles se veem em um beco sem saída!

– Peguei vocês agora! – Glorglax esbraveja, correndo na direção dos irmãos.

Mabel vê uma porta. Ela empurra Dipper para dentro e a fecha.

A porta se tranca atrás deles com um *BLAM*.

– Ufa, estamos salvos! – Dipper assegura.

– Mas onde estamos? – pergunta Mabel. Seu irmão saca a lanterna e ilumina um saguão escuro. Há fileiras de sofás, TVs de tela plana, smartphones e pôsteres de filmes que os gêmeos reconhecem.

– Tudo isso é estranhamente familiar! – sussurra Mabel.

– É. O que são essas coisas? – pergunta Dipper. – Será que atravessamos um portal e chegamos ao nosso próprio tempo?

Eles atravessam uma porta e se encontram em uma sala de escola vazia e iluminada.

– Parece com a nossa escola da Califórnia! – a garota percebe. – Mas por que está vazia?

Dipper tenta pegar uma maçã, mas ela está grudada na carteira:

– Mabel... Tem algo estranho acontecendo nesse lugar...

Logo em seguida, Mabel nota um grupo de alunos futuristas vagando ociosamente com pranchas flutuantes e bebendo refrigerantes suspensos no ar.

– Olha, essas crianças podem nos dizer o que está acontecendo! – diz, indo até as crianças e...

BLAM!

Mabel bate em um vidro ultratransparente.

Todas as crianças olham para ela e começam a rir, mas a garota não consegue escutá-los.

– Dipper! Estamos presos em algum tipo de caixa de vidro! É do jeito que os mímicos sempre nos avisaram! – Mabel grita.

Dipper olha na parede e vê uma grande placa dourada. Está escrito:

— MUSEU DO PASSADO —
ESCOLA FUNDAMENTAL, INÍCIO DO SÉCULO XXI

– Mabel... não estamos em nosso próprio tempo! Estamos presos em um museu... do passado!

Os gêmeos pressionam o rosto contra o vidro e veem outras caixas de vidro de diferentes períodos: um escritório repleto de datilógrafos, com uma placa que informa "OS ANOS 1950"; um grupo de homens das cavernas, com uma placa sinalizando "100.000 AC";

e um cara com calças boca de sino, bocejando embaixo de uma bola de discoteca, com uma placa escrito "O PIOR TEMPO".

– Temos que sair daqui! Temos que sair daqui! – grita Mabel, enquanto tenta todas as portas e janelas.

Mas para todos aqueles que estão presos no Museu do Passado, isso é certamente o...

FIM.

JOGAR A ARMA PARA DAVY

– Não acredito que estou prestes a confiar em um Pirata do Tempo!
– Dipper fala enquanto joga a arma para Davy Tempo-Jones.

Ele a pega em suas mãos fortes, sorri e a aponta para Dipper!

Dipper suspira.

– Eu sabia – ele diz, protegendo Mabel e Blendin.

Davy Tempo-Jones atira e...

UOOOOOOOOOSHHHHH!

... um flash de luz.

Os três fecham os olhos e se encolhem. Então... o choro de um bebê irrompe no ar.

Dipper, Mabel e Blendin abrem os olhos e se viram.

Atrás deles, no chão, há um bebê humano em cima de uma pilha de uniformes de guarda.

– O que aconteceu? – Dipper indaga.

– Esse guarda estava se movendo sorrateiramente atrás de vocês, então eu o atingi com um tiro da pistola reversível de tempo – Davy Tempo-Jones explica. – Ela faz a idade de qualquer molécula se reverter! – Ele aponta para uma tigela de frutas e atira.

Mabel olha lá dentro:

– É, elas viraram sementes agora! Legal!

– Obrigado, cara – o garoto agradece.

Davy sorri e joga o cabo para Dipper:

– Reis do Relógio pra vida.

Davy aponta a arma para a porta de vidro e atira, fazendo o vidro se transformar em areia. Ele dá um passo para dentro enquanto os outros atravessam o abismo com o cabo.

Dentro da Estação de Transporte de Guardas, Davy Tempo-Jones programa o teletransporte:

– Tenho de ter certeza que ele vai nos levar para um local discreto. Não queremos nos teleportar para o meio de uma sede da polícia! Subam aqui e prendam a respiração. Isso vai ser intenso!

– Cara, essa fuga tá tão legal! – Blendin solta um gritinho enquanto segura nos ombros de Davy.

Dipper, Mabel e Blendin veem suas armas laser e suas roupas, e conseguem pegá-las bem quando os guardas abrem a porta da Estação de Transporte com um tiroteio.

O grupo se amontoa dentro dos tubos de teletransporte e Davy aperta um botão. Há um flash de luz, e todos se distorcem através do espaço quântico. Em outro flash, com os pulmões prestes a explodir, eles aterrissam em um deserto de areia laranja, que parece estar no meio do nada.

Davy Tempo-Jones pula sem parar:

– UOOOOOUU! Nós conseguimos! Vocês acreditam? Nós conseguimos! – Ele faz um "toca aqui" tão forte com Dipper que o derruba no chão.

Todos enterram seus uniformes na areia e se preparam para seguir jornadas separadas.

Davy Tempo-Jones olha para os gêmeos:

– Vocês realmente me ajudaram. Foi um prazer escapar da prisão com vocês. Quero dar a ambos chapéus de piratas honorários. – Ele entrega a cada um dos dois um chapéu de pirata maltrapilho, feito de trapos da prisão.

– T-tem um pra mim? – murmura Blendin.

Davy o ignora.

– Se tiver algo que eu possa fazer por vocês, crianças, é só avisar – o homem afirma.

Dipper e Mabel se olham

– Na verdade, tem uma coisa – Dipper revela. – Estamos procurando uma chave...

– A Chave do Tempo – a garota esclarece, desenrolando o mapa de Blendin e apontando para a ilustração da chave. – Você sabe algo sobre ela?

Davy Tempo-Jones sorri:

– Claro que sei! A chave que vocês procuram está...

– PARAAADO! – berra Lolph, um dos Agentes Executores de Anomalias do Tempo.

O grupo se vira e nota que está cercado por policiais.

– Já era! – berra Davy Tempo-Jones.

Um dos agentes, Dundgren, aponta para Blendin:

– Ei, é o Blendin Blandin, o agente que não para de suar. Ele e as crianças provavelmente estavam trabalhando disfarçados! Venham cá, para este lado da lei. – Ele acena para Blendin e os gêmeos, para que se juntem a ele e ao restante dos agentes.

Blendin e Mabel começam a caminhar na direção do agente, mas Dipper está parado em seu lugar.

Davy Tempo-Jones encara a todos:

– Dipper... você é... um agente? Então, na verdade, você não é um dos Reis do Relógio? – Ele vira seu tapa-olho.

– Huummm – Dipper balbucia, analisando Davy Tempo-Jones e os policiais. Ele encara o relógio do pirata e nota que uma lágrima está escorrendo dele. Dipper olha para Mabel e Blendin, que o incentivam a se unir a eles e ficar com os policiais. O garoto morde o lábio.

– Diga que não é verdade, Dipper! Me ajude a impedir esses agentes! – Davy Tempo-Jones pede.

Os policiais observam Dipper, cruzando os braços.

– Bem, de que lado você está, garoto? – pergunta Lolph.

DEIXAR OS POLICIAIS LEVAREM DAVY: VÁ PARA A PÁGINA 94.

JUNTAR-SE A DAVY E COMBATER OS POLICIAIS: VÁ PARA A PÁGINA 130.

REALIZAR UM GRANDE ASSALTO DE TREM

– O que devemos fazer? – Blendin indaga.

– Pessoal... vocês estão escutando isso? – pergunta Mabel. – *Piuí! PIUÍÍÍ!* – É o som de um grande *assalto de trem* chegando à estação! Vamos subir nos cavalos, pegar nossos revólveres e roubar essa máquina de ferro! *Bang-bang*!

– Com sorte, encontraremos o Pirata do Tempo que possui a chave! – Dipper diz.

Eles batem as mãos e vão em direção à loja Loca Locomotiva: armas, pôneis e bandanas, que fica perto da taberna.

– Não sei, não – diz Blendin. – Roubar um trem não é como nos filmes. Sem dizer que estaríamos cometendo um crime no território dos lendários Irmãos Calamidade! Para ser sincero, acho que seria melhor nos caracterizarmos de passageiros do trem para entrar sorrateiramente a bordo. Assim, se não encontrarmos a chave, ainda será possível sair de fininho sem virarmos fugitivos para o resto de nossas vidas!

– BUUUUUU – vaia Mabel. – Se pessoas como você fossem responsáveis pelo mundo, teríamos chegado à Lua num balão em vez de num foguete.

– No futuro, balões são a única forma utilizada para chegar à Lua – retruca Blendin, confuso.

– Vamos votar, então! – sugere Mabel, que desenha uma linha na areia com um graveto. – Todos que forem a favor de fazer da forma divertida, fiquem ao meu lado! Todos que forem a favor de fazer do jeito chato, fiquem ao lado do Blendin.

Blendin e Mabel encaram Dipper.

Dipper olha para a Loca Locomotiva, que está à sua direita. Do outro lado da rua está a loja Fantasias para o Tempo Atual da Vovó Huggins.

Qual plano Dipper deve escolher?

CAVALGAR COMO FORAS DA LEI:
VÁ PARA A PÁGINA 166.

SUBIR SORRATEIRAMENTE A BORDO DO TREM DISFARÇADOS: **VÁ PARA A PÁGINA 153.**

DOBRO OU NADA

– Hummm. Vamos aproveitar nossas chances! – Dipper fala.

– É! – diz Mabel. – Tem menos oxigênio no ar do futuro e isso está me levando a fazer escolhas estúpidas! – Ela rola o quadrado da probabilidade. – Vamos láááá, vermelho!

Ele para no...

– AZUL! DE NOVO! – berra a garota.

Glorglax Gleeful cai na gargalhada:

– Ora, ora, ora! Estou muito contente com isso tudo. Eu me levantei hoje de manhã e pensei comigo mesmo, *Glorglax, você precisa de três empregados para polir todos os seus droides diariamente, para o resto de suas vidas*, e então, olha só. Vocês três entraram aqui e, bem, isso é simplesmente um milagre. – Ele vira, remexe em um armário e tira uma pilha de roupas de linho. – Bem aqui estão algumas velhas túnicas bege com cara de roupa de seita que eu quero que vocês vistam enquanto estiverem polindo os droides. E aqui estão uns panos sujos que espero que vocês utilizem. – Ele despeja as roupas e os trapos sujos nas mãos de Dipper, Mabel e Blendin.

– He, he, isso, hum, com certeza isso está dando certo. Tem certeza de que não quer tentar fazer o triplo ou nada? – a garota sugere.

O ciborgue-vendedor bate palmas e olha Mabel nos olhos:

– Huummm. Nova regra: empregados não falam! Agora, de volta ao trabalho! – ele diz, enxotando o trio.

Dipper, Mabel e Blendin passam um longo dia polindo droides.

– Bem, acho que isso é o pior que poderia acontecer – Dipper suspira, enquanto limpa a testa com as mãos cobertas de graxa.

– Ei, olhe pelo lado bom – diz Blendin. – Nós temos uma ótima vista da corrida! Ebaaa!

– Você realmente disse "ebaaa" com sinceridade? – pergunta Dipper.

– Não tem muito oxigênio no ar, Dipper – diz Blendin.

Um corredor passa por perto como um estrondo, cobrindo-os de poeira.

Todos tossem.

Parece que, para os nossos heróis, esse é o...

FIM.

SER VINGATIVO

– **Ninguém vai mandar a Mabel encarar** a própria morte e sair ileso! – Mabel ruge. – Nós temos que mandar a real para esse rei. – Ela vira para o dragão. – Você poderia levar a gente, Connerheart?

– Por você, qualquer coisa! – diz o dragão. – Subam em mim!

Os gêmeos e Blendin escalam as costas enormes do animal.

– Segurem firme! – Com uma batida enorme de asas, ele voa. Elevando-se pela caverna estreita, irrompe até a luz ofuscante do dia. Os raios do sol refletem em suas escamas vermelhas, fazendo-as brilhar como se fossem fogo. Seus olhos amarelos são como relâmpagos e as asas movem-se fazendo um som alto, como uma tempestade.

Aldeões que estão andando param subitamente, mortos de medo (alguns estão mortos por conta da peste negra) e encaram.

Connerheart sobe cada vez mais alto, pelo céu sem nuvens, ao lado de uma revoada de pássaros. Dipper, Mabel e Blendin observam o chão abaixo deles diminuindo até virar uma colcha de retalhos formada por fazendas e terras.

Mabel não consegue parar de abrir a boca de emoção.

– Isso é um deleite! – a menina exclama.

– Estou em cima de um dragão! – diz Dipper. – Essa aventura acabou de ficar totalmente interessante!

– Estou ficando com um vermelhão na pele por conta dessas escamas! – Blendin solta um grito agudo. – Alguém quer trocar de lugar?

No horizonte, eles veem o castelo.

Connerheart mergulha na direção do castelo em velocidade máxima. Ele faz um rasante pelo contraforte das muralhas e paira externamente à sala do trono real.

Mabel se dirige ao rei:

– Senhor Rei! Você poderia sair aqui, por favor? – ela grita.

Os cavaleiros jogam lanças na direção do dragão, mas elas ricocheteiam, devido às grossas escamas.

O rei espia com sua cabeça através da janela.

– O, hum, rei, bem, não está aqui agora. Tentem de novo mais tarde – ele diz, tremendo.

– Eu consigo ver você, bobão! – Mabel grita. Ela dá uma batidinha na cabeça de Connerheart.

O dragão cospe uma bola de fogo da direção do rei, que dá um grito e desvia.

– Por que você nos enviou a uma missão da qual sabia que não iríamos voltar? – questiona Dipper. – Você nunca teve a intenção de nos contar sobre os Piratas do Tempo e a Chave do Tempo, não é mesmo?

– Eu queria, eu queria! – chora o rei.

– Não minta pra gente! – diz Mabel, enquanto dá outra batidinha em Connerheart.

Ele solta uma labareda na parede do castelo.

– Aaaah! – grita o rei. – Aquele pirata veio aqui e me deu essa chave – ele solta, segurando a Chave do Tempo, que cintila à luz do sol. – Ele jurou que iria acabar comigo se não a mantivesse a salvo!

– Como podemos acreditar em você? – a garota indaga. – Isso não é outro truque, é?

– Pelo amor de Deus, não! – diz o rei. – Olhe como eu estou tremendo! Eu sou um covarde cujas ações são motivadas pelo medo! Por que você acha que estou cercado de cavaleiros fortes dentro de um castelo e sou um imbecil com as pessoas? É porque no fundo estou com um intenso medo de tudo!

– Huummm – Mabel pondera. Ela vira para seus amigos. – Tudo bem, pessoal, novo plano. Connerheart, fique aqui e garanta que o rei seja menos imbecil com o seu reino. Rei, você vai nos dar a chave. Blendin, nos leve até a ilha do tempo. Temos que pegar um tesouro.

O rei joga a Chave do Tempo para Mabel, que a pega.

– Bem, o que estamos esperando? – pergunta Dipper. – Vamos pegar aquele tesouro do tempo!

Eles se despedem de Connerheart.

– Boa sorte! – deseja o dragão. – E obrigado por me ajudar a resolver todos os inúmeros sofrimentos emocionais enraizados!

Mabel encontra a arma laser de Blendin, que está guardada atrás do trono do rei e a entrega ao seu dono. O trio se reúne.

– Oooh, estou tão empolgado! – diz Blendin. – Meus joelhos só tremem tanto assim quando penso na possibilidade de ficar muito rico muito em breve! – Ele mostra os joelhos inquietos.

Mabel cutuca um dos joelhos. Ele para. Ela para de cutucar e o joelho começa a tremer novamente. Ela faz isso várias vezes antes de Blendin tirar a mão dela.

Blendin e os gêmeos tiram suas armaduras com esforço e Blendin saca a fita métrica do tempo de seu macacão. Ele segura a Chave do Tempo na outra mão.

Dipper e Mabel seguram a fita métrica juntos.

– O lugar ao qual iremos é muito especial – diz Blendin. – Não é nem o tempo nem o espaço, mas um local *entre* o tempo e o espaço. Nossas vidas fluem pelo rio do tempo. E cada escolha que fazemos é como viajar por uma bifurcação nova e única desse rio. Se vocês pudessem ver a quarta dimensão, veriam a totalidade da história humana espalhada como o delta de um rio. Vidas infinitas e universos paralelos coexistindo. E agora, vamos dar um passo para fora do rio... Para uma ilha secreta localizada entre as correntes do tempo!

– Oooh! – Dipper e Mabel soltam em uníssono.

– Memorizei essa citação de um filme – conta Blendin, com um sorriso radiante. – Ele se chamava *A Origem Interestelar*, tinha quarenta e oito horas de duração e era totalmente incompreensível. É muito popular na prisão do tempo.

Blendin puxa um comprimento de medida da fita métrica do tempo e solta.

VIAJAR ATÉ O TESOURO:

VÁ PARA A PÁGINA 147.

ROLAR O QUADRADO DA PROBABILIDADE

— **Sabe de uma coisa, Dipper?** Estou me sentindo sortuda! – Mabel exclama. Ela pega o quadrado da probabilidade e o balança na mão.

Blendin fica vermelho:

– Você se sente *sortuda*? – ele solta. – A existência da sorte foi cientificamente refutada em 20̃705! Você está literalmente apostando a minha vida!

Mabel olha para Dipper:

– Assopra o cubo? – a garota pede.

Dipper assopra e Mabel o rola:

– Vamos lááááá, vermelho! – os gêmeos torcem.

O cubo tomba do outro lado da mesa, diminuindo a velocidade e parando no...

– AZUL! – Mabel berra.

– Ooopa! – grita Glorglax Gleeful.

– AAAH, QUE ISSO! – Blendin chuta um androide, que bipa e o chuta de volta.

– Ora, ora, isso é o que eu chamo de um desenvolvimento saboroso – diz Glorglax, limpando o suor da testa. – Mas posso ver que vocês estão certamente chateados. Então, que tal isso: você pode rolar novamente e, se ganhar, fica com seu amigo e compra o veículo capenga. Mas, se eu ganhar, vocês dois irão se juntar ao seu amigo como meus criados para a vida toda.

Dipper e Mabel se olham.

– Huumm... Dipper, será que deveríamos arriscar nossa liberdade para salvar Blendin? – Mabel sussurra.

Eles olham para Blendin, que está balançando a cabeça furiosamente.

– Sei não – sussurra Dipper. – Será que a gente não poderia, tipo, jogar areia nos olhos do Glorglax, sair correndo dessa aposta e deixar de lado essa corrida espacial?

– Oooh, é uma ideia tão boa quanto a outra! – sussurra Mabel. – O que faremos então?

Decisões, decisões.

O DOBRO OU NADA: VÁ PARA A PÁGINA 41.

TENTAR ESCAPAR COM BLENDIN: VÁ PARA A PÁGINA 31.

CONTINUAR TRAVADOS

— **Uhm... – diz Dipper.**

O maquinista pega seu cassetete. Em seguida, Blendin surge com seu rico pretendente.

– Como ousa atormentar meus bebês?!

O pretendente segue ao lado dele:

– Meu nome é P. B. Peckinbridge e sou o dono deste trem e toda sua carga, por isso exijo que você solte as crianças da minha doce donzela!

O maquinista fica pasmo:

– Mas eles podem ser ladrões!

– Eles são crianças – diz o Sr. Peckinbridge. – São naturalmente curiosos! – O homem se aproxima e se ajoelha na frente dos gêmeos. – Os espertinhos gostariam de ver meu tesouro?

Os olhos de Dipper e Mabel ficam arregalados e eles acenam com a cabeça em movimento afirmativo.

– Bom, aqui está! – O pretendente retira uma chave do seu casaco e a coloca na fechadura do cofre do tesouro.

O cofre se abre.

Surpresos, os gêmeos ficam boquiabertos quando veem...

Grãos. Muitos grãos.

– Olhem, crianças. Não é lindo? São grãos! Lindos grãos. O único tesouro verdadeiro da vida. Vocês gostariam de nadar neles comigo? – pergunta o Sr. Peckinbridge.

Dipper e Mabel observam os grãos despejados no chão.

Sr. Peckinbridge mergulha neles:

– Por favor, crianças, venham nadar nos grãos comigo.

Os gêmeos começam a se afastar.

– Vamos embora, Blendin – Mabel diz.

– Ei, você faz o que quiser! Esse cara é rico. Eu vou ficar aqui e tirar proveito disso! – diz Blendin, indo em direção ao Sr. Peckinbridge, que está nadando nos montes de grãos.

O trem sacode e a peruca de Blendin cai.

Sr. Peckinbridge levanta uma de suas sobrancelhas.

– Blendinella! Você mentiu para mim!

Blendin congela.

O Sr. Peckinbridge se senta e coloca as mãos na cabeça.

– Por favor – ele diz, fazendo um movimento de negação com as mãos –, se... retire.

Os gêmeos e Blendin descem do trem e perambulam de volta à cidade, retirando os pesados disfarces enquanto andam.

– Bom, claramente foi uma escolha errada! – Mabel reflete. – Mas nos restam mais duas opções: enfrentar os foras da lei ou investigar as minas!

– Existe a possibilidade de deitar em posição fetal e desistir de tudo para sempre? – indaga Blendin, esperançoso.

– Essa não é uma opção! – a garota responde.

EMBARCAR EM UMA AVENTURA NAS MINAS: VÁ PARA A PÁGINA 259.

ENFRENTAR OS FORAS DA LEI NA TABERNA: VÁ PARA A PÁGINA 241.

VOAR NA DIREÇÃO DO CINTURÃO DE ASTEROIDES

— Acho que essa é uma daquelas situações em que a melhor forma de lidar é sair correndo – Mabel assegura. Ela direciona a espaçonave para o cinturão de asteroides e para longe da nave gigante e força o acelerador até o chão. A espaçonave ganha velocidade e o grupo observa a nave gigante ficar para trás. Todos pulam de alegria.

General Crustáceo Lagostrela aparece novamente na tela de comunicação.

– Nós podemos esperar, sabe. Nós podemos esperar para semp... – A tela começa a chuviscar, devido à eletricidade estática. O general desaparece e sua imagem é substituída por um episódio de *Estrelinha Cintilante*, um desenho infantil dos anos 1980 no qual uma estrela roliça que veste shorts ensina lições escolares.

– *Estrelinha Cintilante*? Faz anos que não a vejo! E por que está passando aqui? No espaço? No futuro? – pergunta Mabel.

Dipper olha pela janela:

– Uou, isso aí não são asteroides. É um cinturão de detritos espaciais! São satélites velhos! – Ele faz um gesto na direção do cinturão aparentemente infinito de lixo espacial.

Satélites soviéticos quebrados, TVs a cabo e satélites espiões, todos sem propósito algum.

– Os sinais antigos de TV e rádio devem estar ecoando por aqui infinitamente – diz Dipper. – Deve ser por isso que estamos recebendo os sinais!

– Isso é tão legal! Deveríamos assistir um episódio! – Mabel fala.

– *Gleep glorp glorp!* – diz Chamillacles.

– É, quero ver o que a estrela de shorts curtos tem a me ensinar sobre a vida! – diz Davy Tempo-Jones. – Talvez ela me ensine a ler.

Dipper se senta e assiste a um episódio com o restante do grupo.

Logo, um episódio se transforma em dois.

Dois em uma temporada inteira.

Eles encontram episódios antigos de *Patotive*, *Punhos de Tigre*, *Buscadores de Fantasmas* e de *A Duquesa Aprova*, e começam a assisti-los.

Como se vê, os guardas da prisão nunca se cansam de esperar por eles.

Mas provavelmente há destinos piores do que ser forçado a assistir TV para sempre. Na verdade, pensando bem, acho que não existe. Para os nossos heróis, parece que chegamos ao...

FIM.

DEIXAR O MAGO IR

— **Dipper, lembra quando mamãe e papai** te obrigaram ter aulas de piano e você odiou porque tudo que queria era tocar tuba? – pergunta Mabel.

– Hum, n-não – gagueja Dipper, movendo os olhos para trás e para a frente, enquanto limpa a garganta.

– É a mesma coisa! – a irmã afirma. – Não podemos forçar esse mago. Qual é mesmo o seu nome?

– Magnarfus, o Magnífico – responde o mago.

– Que seja – diz Mabel. – Não podemos forçar o Calças de Muffin, o Misterioso, a ser algo que ele não quer ser. Ele é como um pássaro na gaiola que anseia voar livremente!

– Você sabe que sou um adulto e que posso tomar minhas próprias decisões, certo? – Magnarfus alega.

– Bem, então acho que é melhor voltarmos para o rei e dizer a ele que falhamos – diz Blendin.

– Oh não, não, não! Vocês não podem voltar para o rei sem mim – diz o mago. – Ele jogará vocês na masmorra para o resto de suas vidas!

– Mas a vida é tão longa! E justo agora, que eu estava começando a atingir o meu auge – Dipper fala.

– E agora nós nunca iremos encontrar o Tesouro dos Piratas do Tempo! – adiciona Mabel.

– Aqui, venham comigo e me ajudem a escapar – o mago pede. – Não posso dar a vocês esse tal de Tesouro dos Piratas do Tempo, mas farei seu tempo valer a pena!

– Uma promessa vaga de um mago não confiável? Contem *comigo*! – a garota exclama.

O mago esvazia um armário cheio de poções e as coloca em uma bolsa. Em seguida, abre a porta de trás de sua oficina.

– Esse caminho vai nos levar para fora do castelo – o mago explica, então respira fundo e olha em volta. Sua escrivaninha, sua cadeira. Sua gaiola cheia de sapos vivos. – Tantas lembranças – ele suspira. – Bem, hora de explodir esse lugar para conseguir o dinheiro da seguradora. – Ele pega uma poção da bolsa, tira a rolha da garrafa com os dentes e a joga na câmara, como se fosse uma granada de mão. – CORRAM! – ele berra enquanto foge da oficina.

O grupo inteiro desce pelo corredor e chega a uma escadaria curva, quando...

BUUM!

A oficina explode atrás deles.

Há um flash de luz e flamas em arco-íris os perseguem.

Eles correm o mais rápido que podem, sobem degraus e pulam de uma janela do castelo para o céu, enquanto uma bola de fogo surge repentinamente atrás deles. Eles caem no chão, em um fosso raso de água salobra.

– Ai, acho que tudo dói – diz Mabel.

– Em mim também – Dipper concorda.

– Estou bem. Mas meu macacão está cheio de sapos, agora – Blendin fala enquanto abre o zíper do macacão, deixando os sapos saírem.

O grupo nada até a borda.

O mago tosse e faz um aceno com sua varinha.

– *Tudus mundus secus*! – Ele lança o feitiço, e o grupo imediatamente fica seco. O cabelo de Mabel agora está com um permanente.

– Oooh, estou amando isso – ela diz.

– Muito obrigado por me ajudarem a escapar – o mago agradece. – Sei que vocês vieram aqui em busca de algo e me ajudar foi o que tornou esse sonho impossível. Então, gostaria de oferecer a vocês uma recompensa só como consolação.

– Oba, sim! – diz Blendin. – O papai aqui quer uns agrados do tempo!

– Tenho aqui duas poções – o mago esclarece. – Uma dará a vocês o poder de transformar tudo em ouro. A outra dará juventude eterna. Qualquer uma pode ser de vocês. Escolham com sabedoria.

O grupo se reúne.

– Qual nós vamos escolher? – pergunta Dipper.

JUVENTUDE ETERNA: VÁ PARA A PÁGINA 203.

POÇÃO DO OURO: VÁ PARA A PÁGINA 117.

IR PELO OUTRO LADO

— **Ohhhh, que azar, distendi um músculo!** — Dipper lamenta, nem um pouco convincente. Ele olha para Jugsley, que lhe lança um olhar. – Acho melhor irmos ir por esse outro caminho... Parece mais fácil de andar.

Jugsley o encara com olhar vago e depois começa a rir alto.

Dipper, Mabel e Blendin se afastam, tremendo.

– Que engraçado ocê dizê isso! – declara Jugsley. – Eu tava mesmo tentando conduzir ocêis pra um caminho pra poder matar cêis todos e roubar suas coisa. Mas acabei de perceber que, não importa o caminho, eu vô matá ocêis de qualquer jeito! – Ele solta uma risada traiçoeira e tira uma picareta enferrujada da parede.

Os amigos se olham e começam a correr.

Jugsley corre atrás deles.

Eles se jogam caminho abaixo, sem olhar para trás.

– Aonde estamos indo? – grita Mabel.

– Eu não sei! – grita Dipper. – Pra longe dele!

Eles viram uma esquina e chegam ao que parece ser o fim da linha. Atrás de si, o grupo escuta o eco da picareta raspando o chão de pedras de granito.

– Fim da linha, pequenas pepitas – diz Jugsley.

À esquerda do grupo, há um carrinho abandonado nos trilhos das minas, que termina em um túnel escuro. À direita, há uma pilha de dinamites conectadas a um detonador.

– Pessoal, temos duas opções – Dipper reflete. – Podemos escapar com o carrinho perigoso e percorrer o abismo escuro ou então explodir o túnel atrás de nós e correr o risco de ficarmos presos.

– Não existe uma terceira opção? Tipo a diplomacia? – pergunta Mabel.

– Não! – diz o garimpeiro, virando a esquina e começando a diminuir a distância entre eles.

– Foi mal, pessoal, mas a gente precisa escolher, dos males, o menor – diz Dipper.

Mabel morde o lábio:

– Dipper, o que vamos fazer?

USAR DINAMITE PARA DESMORONAR O CAMINHO:
VÁ PARA A PÁGINA 87.

ESCAPAR NO CARRINHO DE MINERAÇÃO:
VÁ PARA A PÁGINA 186.

SOBREVOAR A NAVE GIGANTE

— **Como capitã dessa nave,** decidi que a melhor opção é ir na direção do obstáculo gigante e mergulhar de cabeça dele! – Mabel informa. – Tenho certeza de que nunca houve um tiro que saiu pela culatra na história! – Ela aperta alguns botões e a espaçonave dá um supersalto e dispara na direção da enorme nave que está pairando à frente.

– Você é maluca, garota! Eu amo isso! – berra Davy Tempo-Jones. Blendin engole em seco, ficando, de alguma forma, ainda mais pálido do que o normal.

Na tela de comunicação da espaçonave, eles veem o General Crustáceo Lagostrela:

– Eles estão atrás de nós! O que faremos? – o comandante grita para a tripulação. – Estamos fritos se eles atacarem a ponte de comando com seus torpedos! – Ele para e olha para a câmera: – Espera, a minha transmissão ainda está ligada? Ah, mas que... – E a tela desliga.

– Escutaram isso? – pergunta Dipper. – Se lançarmos nossos torpedos contra a ponte de comando, poderemos derrubar a nave inteira!

– Ótimo plano – Blendin observa. – Exceto pelo fato de que nós não temos nenhum torpedo. A melhor coisa que podemos fazer é arremessar nossos tanques de combustível e torcer para acertarmos. Mas isso é bem arriscado!

– Além disso, acho que esse tal de General Lagosta é adorável e não quero atrapalhar ele nem estragar sua nave bonitinha – confessa Mabel. – O que mais nós podemos fazer?

Chamillacles solta um chiado e tira um esquema em 3D da nave inimiga. Ele aponta seus dedos escamosos para uma porta de exaustão na frente.

Davy Tempo-Jones sorri e diz:

– Se conseguirmos entrar por essa porta de exaustão, poderemos sair voando pelo outro lado! Isso levando em consideração que vamos conseguir fazer esse voo incrivelmente perigoso!

Mabel enruga o rosto.

Ambas as opções parecem ser superperigosas.
Qual delas Mabel deve escolher?

DERRUBAR A PONTE DE COMANDO: VÁ PARA A PÁGINA 283.

VOAR ATRAVÉS DA NAVE: VÁ PARA A PÁGINA 238.

LEVAR O MAGO AO REI

— **Por favor, por favorzinho, por favor, por favor!** – implora o mago. – Eu farei qualquer coisa para...

– *SILENCIUS, MAGUS*! – grita Mabel.

O mago continua movendo os lábios, mas não tem mais voz.

– Uou, quais eram as chances disso realmente funcionar? – Mabel está surpresa, radiante. – Acabei de inventar! Acho que feitiços de magos são estupidamente fáceis de adivinhar!

– Incrível! – Dipper exclama.

– Vamos levar esse cara pro rei! – a garota fala, e começa a cutucar o mago com sua própria varinha. Blendin os guia para fora da oficina.

Na sala do trono real, o grupo apresenta o mago ao rei.

– Aqui, Sua Alteza Real, o mago perdido! – Dipper anuncia.

– Oh, legal, legal! – diz o rei. – Guardas, levem-no para a torre! Tem uma festa de aniversário da empresa acontecendo agora mesmo! Façam com que ele assine o cartão para todos!

– NÃÃÃÃO! – berra o mago, enquanto é levado para longe.

– Obrigado, crianças. Seus serviços não são mais necessários – o rei fala batendo palmas a fim de chamar os guardas para retirarem os gêmeos e Blendin de sua presença.

– Ei, ei, ei, espera aí – protesta Dipper, empurrando os homens. – Só fizemos isso porque você prometeu que iria contar tudo sobre o pirata. Você nos deve essa, cara.

– O quê? – diz o rei. – Não me lembro de nada disso! Você definitivamente deve estar confuso. Guardas!

Os guardas apontam suas lanças para o trio.

– Mas é claro, vocês prestaram um ótimo serviço ao meu reinado – afirma o rei. – Talvez se pudessem me ajudar com as outras tarefas, eu poderia começar a pensar que é apropriado ajudá-los.

– O *quê?* – Mabel parece indignada. – Se você não nos ajudou da primeira vez, por que deveríamos confiar em você agora?

– Porque vocês não têm outra escolha! – diz o rei. – Meus guardas têm armas pontiagudas, se lembram?

Dipper e Mabel resmungam.

– Hum, ele pegou a gente nessa – Dipper reflete.

– Então, o que está dizendo que devemos fazer, Dipper? – Mabel quer saber.

– Evidentemente precisamos lutar contra o dragão ou contra aquele cavaleiro. Preferencialmente a opção que for menos trabalhosa.

Os gêmeos e Blendin pensam sobre o que fazer.

BATALHAR COM O CAVALEIRO: VÁ PARA A PÁGINA 233.

MATAR O DRAGÃO: VÁ PARA A PÁGINA 9.

ACEITAR DOS HUNTHOU COMO SERVO

— **Dipper, não temos outra escolha senão aceitá-lo** como nosso servo – Mabel alega. – Quero dizer, olha só pra ele, ele precisa da gente! – Mabel aponta para Dos Hunthou, que está vasculhando o lixo e cheirando o chão como um cachorro.

– Ugh, você tá certa – o gêmeo responde. – Vamos deixá-lo com Tivô Stan e pegar nosso tesouro!

Dipper e Mabel tiram a poeira de seus macacões de corrida e se juntam a Blendin, que puxa a fita métrica do tempo, enviando-os de volta a Gravity Falls.

Fora da Cabana do Mistério, Soos está rastelando a grama.

– Ei, Soos! – a garota grita.

– Caramba! E aí, pessoal? Quem é esse cara assustador sem camisa? – Soos aponta para Dos Hunthou.

– Longa história, mas nós fomos para o futuro e ganhamos esse cara em uma corrida – explica Dipper. – Ele é tipo nosso criado agora. Você pode dar uma olhadinha nele enquanto vamos atrás do Tesouro dos Piratas do Tempo?

– Sim, claro, pessoal! – diz Soos. – O que devo fazer com ele?

Mabel encolhe os ombros:

– Sei não. Dá comida pra ele, eu acho. E, se precisar, coloca ele pra trabalhar.

Dos Hunthou dá um ligeiro sorriso e acena com a cabeça.

Dipper segura a Chave do Tempo.

– Muito bem, pessoal! – ele diz, virando para Mabel e Blendin. – Temos a Chave do Tempo! Agora vamos pegar aquele tesouro!

– Oooh, estou tão empolgado! – exclama Blendin. – Meus joelhos só tremem desse jeito quando estou perto de um tesouro! – Ele faz um gesto para os joelhos nervosos.

Mabel cutuca um. Ele para. Ela para de cutucar e o joelho começa a tremer novamente. Ela faz isso várias vezes antes de Blendin tirar a mão dela.

Blendin levanta a fita métrica do tempo com uma mão e pega a Chave do Tempo de Dipper com a outra.

Os gêmeos seguram a fita métrica do tempo juntos.

– O lugar ao qual iremos é muito especial – diz Blendin. – Não é nem o tempo nem o espaço, mas um local *entre* o tempo e o espaço. Nossas vidas fluem pelo rio do tempo. E cada escolha que fazemos é como viajar por uma bifurcação nova e única desse rio. Se vocês pudessem ver a quarta dimensão, veriam a totalidade da história humana espalhada como o delta de um rio. Vidas infinitas e universos paralelos coexistindo. E agora, vamos dar um passo para fora do rio... Para uma ilha secreta localizada entre as correntes do tempo!

– Oooh! – Dipper e Mabel soltam em uníssono.

– Memorizei essa citação de um filme – conta Blendin, com um sorriso radiante. – Ele se chamava *A Origem Interestelar*, tinha quarenta e oito horas de duração e era totalmente incompreensível. É muito popular na prisão do tempo.

Blendin puxa um comprimento de medida da fita métrica do tempo e solta.

VIAJAR ATÉ O TESOURO:
VÁ PARA A PÁGINA 147.

EMBARCAR EM ALTA VELOCIDADE

— Esquece! – berra Mabel. – Nós vamos entrar! Eia! Vamos Corcel-Biscoito-Negro-Lindo! – Ela conduz seu cavalo pela planície empoeirada, passando por cactos e capim, galopando paralelamente ao vagão.

Dipper e Blendin alinham-se atrás dela.

Mabel tenta agarrar o vagão e tem êxito.

– Como ela é tão boa nisso? – pergunta Blendin, ofegante.

– A Mabel teve uma "fase country" na quinta série – Dipper explica. – Só fique contente por ela não dizer mais "ocêis".

– Uou, acho que vamos mesmo conseguir! – Blendin exclama. – Nada pode nos parar! IIIIIIRRAAAAAA!

Enquanto Blendin tentava gritar como um caubói, ele escorrega e cai do cavalo, rolando no chão.

– SOCORRO! HOMEM AO CHÃO! – ele grita, enquanto rola como um pneu.

Dipper e Mabel suspiram e fazem o retorno.

– Blendin, você está bem? – pergunta Mabel.

– S-s-s-s-s-sim, eu tô bem, eu acho – gagueja Blendin. – Normalmente eu bato minha cabeça três vezes ao dia, então, acho que estou bem.

– Bom, lá se foi nossa chance de subir nesse trem – Dipper suspira, enquanto observa o trem se afastando velozmente no horizonte.

– Ahhh, tá tudo bem – tranquiliza Mabel.

– Ei, que barulho é esse? – pergunta Dipper.

Pedregulhos começam a se agitar sob seus pés.

– Hum, parece um estrondo. Talvez seja o trem! Talvez eles tenham decidido voltar e deixar a gente roubá-los! – Mabel se anima.

– Não, não está vindo dos trilhos... Está vindo de... atrás de nós? – Dipper fala. Ele vira seu cavalo para ver... centenas de policiais cavalgando pela planície na direção deles.

– Parados, seus foras da lei diabólicos! Mãos ao alto! – grita o xerife.

– Ah, droga, são os tiras! – berra Blendin.

– O que faremos, o que faremos? – pergunta Mabel.

– Bom, nós podemos nos render pacificamente ou tentar fugir – responde Dipper.

– Eu quero uma terceira opção! – diz Blendin.

– Não funciona desse jeito! – grita Mabel! – NUNCA FUNCIONA DESSE JEITO!

TENTAR FUGIR: VÁ PARA A PÁGINA 172.

RENDER-SE: VÁ PARA A PÁGINA 285.

RECUSAR A OFERTA DE BLENDIN

Mabel encolhe os ombros dizendo:

– Meh.

– Foi mal, cara. Acho que a gente vai ficar de fora dessa – Dipper explica. – Eu adoraria ajudar, mas você sabe, né... Piratas do Tempo... e carregar coisas.

– Pois é, mas não se sinta desencorajado! Você é uma estrela radiante! – Mabel tenta animá-lo. Ela retira uma estrela brilhante de seu livro de figurinhas e cola no peito de Blendin. – Nunca desista dos seus sonhos – ela sussurra em seu ouvido.

– Ah, tudo bem – Blendin agradece, franzindo as sobrancelhas. – Mas lembrem-se, vocês não irão ganhar nadinha desse tesouro maravilhoso, o Tesouro do Tempo!

Os gêmeos dão de ombros e saem andando.

– Sabe, Dipper, sinto que fizemos uma grande escolha – diz Mabel.

– Sim, Mabel, concordo! – Dipper responde. – Agora vamos deixar esse tesouro de lado.

Eles voltam para a Cabana do Mistério e ligam a TV. Está passando uma maratona de documentários sobre caças ao tesouro no Canal Que Costumava Tratar de Assuntos de História. Com uma careta, Mabel muda para outro canal, que exibe um documentário chamado *Escolhas Erradas*.

– Existem pessoas que fazem escolhas horríveis – o apresentador fala. – E os efeitos psicológicos de arrependimento a longo prazo afetam essas pessoas para sempre!

– Huummm... Mabel, você acha que o universo está tentando nos dizer algo? – pergunta Dipper.

Mabel coça o queixo.

– Tipo, que talvez perdemos a melhor aventura de nossas vidas?

– Não se preocupe, Mabel, aqui é Gravity Falls! Tenho certeza de que outra aventura irá cruzar nosso caminho hoje mesmo – o irmão assegura.

Os gêmeos ficam sentados em silêncio por uma hora.

Uma mosca pousa na mão de Dipper.

– Ohhhh! Veja, uma mosca! Será que é uma mosca paranormal? – pergunta Mabel.

– Não, só uma mosca comum – Dipper responde.

Mabel tosse.

Ótima escolha, leitor! Você acabou de levar nossa aventura para o...

FIM.

DISTRAIR OS MALFEITORES E CORRER

Dipper tira a lanterna do bolso e ilumina o rosto de Joe Olhos Selvagens.

Joe Olhos Selvagens solta Dipper, cobre os olhos e grita:

– Ele tem um sol em miniatura nas mãos! Bruxaria!

– Todo mundo, agora! – grita Dipper. – Distraiam eles com seus artefatos do futuro!

Mabel apanha um monte de glitter e assopra nos foras da lei.

– AAAH! Pó de bruxas! – berra um malfeitor.

Os outros tentam tirar o glitter de si mesmos, mas o glitter impregna em suas jaquetas.

Blendin enfia a mão no bolso e encontra uma carteirinha laminada. Ele a chacoalha na frente dos foras da lei, que se afastam dele gritando, protegendo os rostos.

– É transparente como vidro! Mas é dobrável como uma dançarina! – um deles grita antes de saltar em direção a uma janela de vidro.

– Tirem seus brinquedos assombrosos de perto da gente, suas bruxas! – grita Joe Olhos Selvagens.

Blendin e os gêmeos vão em direção à porta.

Mabel aponta para os malfeitores e ameaça:

– Para trás! Para trás ou iremos usar nossos poderes para transformar vocês em muffins! Ou ainda forçar vocês a se beijarem!

Os foras da lei recuam.

– Quando eu contar até três, vamos sair correndo – sussurra Dipper.

Mabel e Blendin fazem um aceno positivo com a cabeça.

– Ok – diz Dipper. – Um... Dois... Tr...

– TODO MUNDO PARADO! – diz alguém com uma voz estrondosa.

Dipper, Mabel e Blendin se viram em direção à voz.

Era o Comerciante Sprott, que havia juntado um grupo de caça às bruxas.

– Eu sempre soube que vocês eram bruxas, desde a primeira vez que eu vi ocêis – o homem afirma. – Então, organizei esse esquadrão de caça para mandar ocêis de volta às profundezas do inferno, onde é seu lugar. – Ele ri. – Vamos tacar fogo em tudo, pessoal!

As pessoas da vila seguram os gêmeos e Blendin e os arrastam em direção à praça da cidade. Eles amarram o trio em uma fogueira gigantesca e a acendem.

Dipper fita Blendin.

– Bem, agora estamos queimando na fogueira. Essa aventura é realmente incrível, Blendin. Adorei, cinco estrelas.

Blendin gagueja:

– M-me desculpe, parece que fiquei muito empolgado nessa busca pelo tesouro. Acho que deveríamos só ir pra casa, né?

– Com certeza – os gêmeos soltam em uníssono.

Blendin tira a fita métrica do tempo e eles desaparecem em um flash elétrico azul. O Comerciante Sprott fica quieto por uns instantes e depois encolhe os ombros.

– É, lamento dizer, mas todos nós fomos tocados pela mão infernal – ele diz.

A multidão avança contra ele.

Os gêmeos e Blendin retornam a Gravity Falls. Com tapinhas, eles limpam as faíscas de suas roupas. Dipper e Mabel se despedem de Blendin. Na volta para casa, passam pelo Fazendeiro Sprott, que está levantando um espantalho.

Dipper para.

– Ei, posso perguntar por que você odeia bruxas tanto assim?

– O porquê? Claro, pode perguntar, sim – diz o Fazendeiro Sprott. – Eu lamento dizer que é porque meu ta-ta-ta-taravô, láá atrás, foi queimado vivo por deixar um grupo de bruxas escapar. Por isso, a minha família jurou vingá-lo por sete gerações!

– Hum – Mabel balbucia, observando Dipper. – Você acha que a gente deveria se sentir culpado?

Dipper encolhe os ombros:

– Bom, se o Fazendeiro Sprott que conhecemos já odiava bruxas antes, isso significa que essa corrente de eventos que acabamos de vivenciar estava fadada a acontecer, independentemente do que aconteceu antes mesmo de nós termos vivenciado essa experiência.

– Então, sendo assim, a ideia de livre-arbítrio é uma ilusão! – Mabel afirma. – Eba!

Os gêmeos se encaram em silêncio por um minuto.

– Nunca mais vamos falar sobre viagem no tempo – diz Dipper.

– Concordo – Mabel responde.

FIM.

ESTAVA COM DOR NO ESTÔMAGO

– Ele estava com dor de *estôMAGO*! – grita Blendin.

– O QUÊ? Magos não sentem dor de estômago! Só bruxos sentem! Estou ofendido! A resposta correta era "ele estava *mago*ado"! – o mago solta, desdenhoso. Ele bate palmas e o ambiente para de encher de refrigerante. O líquido começa a ser drenado.

– Espera – diz Dipper. – Você não vai afogar a gente?

– Oh, céus, não, eu jamais faria algo do tipo. Pessoas não são divertidas quando morrem. Além disso, você vale mais vivo. Já que aparentemente você é horrível em resolver enigmas, será perfeito como minha plateia de teste, para que eu possa experimentar mais de mil outros enigmas que estive pensando.

– A gente meio em que queria ir embora – Mabel fala.

– Ei, pensei em um novo enigma! Quem está preso aqui para sempre, para toda eternidade? – pergunta o mago.

– N-não é a gente, né? – Blendin indaga.

– ERRADO DE NOVO! – grita o mago, abrindo um sorriso largo. – Ok, aqui vai outra muito boa. O que o mago disse para o avestruz, enquanto eles estavam comprando poções? Dica: a resposta é longa e obscura!

Todos suspiram juntos.

Para os nossos heróis, parece que é o...

FIM.

DIPPER FALA

Dipper encolhe os ombros e sorri:

– Tá na cara que estou com tudo hoje! Eu cuido disso. – Ele pigarreia e limpa a garganta. – Atenção, passageiros da *Calamidade Limitada*! Meu nome é Olho-Morto Dipper Pines e nós estamos aqui para...

Uma brisa sopra pela planície, enchendo o nariz de Dipper com pólen e fazendo com que ele...

– *Atchim*!

... espirrasse como um gatinho.

Todos os passageiros do trem dão risadinhas.

– Ignorem isso! Todo mundo, ignorem isso! Esqueçam! – diz Dipper.

Ele brande a arma laser. – COMO EU ESTAVA FALANDO, entreguem seus tesouros ou... *atchim*! – Dipper espirra mais uma vez.

Todos dão risadinhas novamente.

– Por Júpiter, ele espirra como um gatinho! – exclama um passageiro com um bigode longo e curvo.

– É a coisa mais adorável que já vi! – diz uma passageira com chapéu e saiote.

– Ora, esses bandidos não são nem um pouco ameaçadores! Eles são encantadores! – afirma outra passageira. – Aqui, alguém dê esse lencinho de babados para o garotinho adorável e vamos seguir nosso caminho!

Todos a bordo do trem concordam.

Um passageiro carrancudo, vestido de preto, pega um lenço, caminha até Dipper e o entrega para ele.

Dipper olha para o homem que parece estranhamente familiar à medida que caminha de volta com as esporas tilintando a cada passo.

– Agora, cuide-se, escutou? – diz o homem, enquanto os passageiros retornam para seus assentos.

Na parte da frente do trem, o maquinista grita:

– Caminho desobstruído. De volta à nossa rota!

O trem dá um solavanco e começa a seguir em frente, e os passageiros a bordo riem do que acabou de acontecer, imitando espirros de gatinhos.

– Que perda de tempo – Dipper pondera, olhando para o lenço que acabou de receber. Ele fica boquiaberto. – Ou será que não? Eu sabia que aquele cara era familiar! Veja as iniciais no lenço! W.E.! Wyatt Earp!

– O galã e astro pop? – pergunta Mabel, com os olhos brilhando.

– Não! – Dipper responde. – O policial mais famoso de todos os tempos, e ele acabou de me dar seu lenço! Você sabe o quanto vale isso, né? Provavelmente podemos vender isso aqui no futuro e ficarmos ricos!

– Ou ainda, levá-lo para o futuro muito, muito distante e usar o DNA de Wyatt Earp para fazer um exército de clones! – diz Mabel. – Vocês conseguem fazer isso, certo?

– Mas e o Tesouro dos Piratas do Tempo? – pergunta Blendin.

– Honestamente, já estou meio cansado disso – o garoto confessa.

– Eu também – diz Mabel. – Quer lucrar com esse lenço e jogar videogame?

– Sempre! – o gêmeo responde.

Os gêmeos pegam a fita métrica do tempo de Blendin e retornam para o presente.

Eles vão até a Cabana do Mistério e Stan está lá para recebê-los.

– Tivô Stan, você não vai acreditar no que encontramos! – Dipper exclama, balançando o lenço na frente dele.

– Oh, ótimo! Era justamente o que eu precisava! – diz Stan, pegando o lencinho e assoando o nariz em todo o tecido. Depois, o devolve a Dipper. – Agora, o que você estava falando mesmo?

Dipper suspira:

– Esquece. – E joga o lenço no lixo.

– Ei, eu sei o que vai alegrar vocês! – diz Tivô Stan. – Olha essa nova atração que consegui. É um fliperama com um jogo do Velho Oeste! Ele narra um roubo histórico de trem!

Tivô Stan mostra uma máquina enferrujada de latão e, em seguida, coloca uma moeda nela. Uma pequena cortina se abre, revelando um trem em miniatura com vários passageiros pequeninos de brinquedo. Um boneco caubói aparece, com um balão de fala no qual se pode ler "ATCHIM!". Os passageiros em miniatura se levantam. Sobe uma vareta com a seguinte legenda: O TOLO DE UM LUGAR DISTANTE ESPIRRA COMO UM GATINHO! QUE PATETA!

Mabel não consegue segurar o riso.

– Vou destruir essa máquina – diz Dipper.

FIM.

RECUSAR-SE A CASAR COM A FILHA DO REI

— Ehhh, eu tô tranquilo, cara — diz Dipper. – Não é nada pessoal. Mas não te conheço tão bem assim e casamento é um negócio meio sério, e eu só tenho doze anos e um plano bem específico de encontrar minha futura esposa na faculdade, ser seu amigo por um longo tempo antes de ela perceber que somos perfeitos um para o outro. Tenho quase certeza de que o nome dela será Jéssica.

O rei o encara, boquiaberto.

– O que ele quer dizer é, casamento soa um pouco... quêêêêê? – explica Mabel.

A expressão do rei se enrijece:

– Então, se estou compreendendo corretamente, você se nega a se casar com a minha filha?

– É, tipo isso. Foi mal, cara – Dipper se desculpa.

– Então, que assim seja! Guardas! – grita o rei. – Levem-no para os estábulos!

– O quê? Por quê? – pergunta Dipper.

– O ganhador do combate é requisitado por *lei* a se casar com alguém! Então, se você não quer se casar com a minha filha, irei casar você com meu burro premiado! – berra a majestade.

Os guardas agarram Dipper, Mabel e Blendin pelos braços e começam a levá-los embora.

– Espera! Não! Eu me caso com a sua filha! – grita Dipper.

– Tarde demais, tarde demais – o rei alega, enquanto dá as costas para Dipper.

O estábulo é um lugar retangular, muito sujo, escondido na parte mais baixa do castelo. Ratos correm apressados pelo chão repleto de feno. Os guardas levam Dipper para um quarto pequeno com chão de paralelepípedos, onde, aguardando por ele, está sua noiva: um grande burro zurrando.

– Essa é a Sra. Gobblesnout – afirma o cavaleiro. – Ela vai ser sua esposa.

– Pergunta – diz Mabel. – Será que a Sra. Gobblesnout tem uma madrinha de casamento ou será que posso ser a madrinha dela?

– Não vejo por que não – responde o cavaleiro.

Mabel dá um soquinho com as mãos.

– Issooooo!

Dipper faz uma cara feia para a irmã.

– Que foi? Já está acontecendo, então é melhor a gente aproveitar um pouco! – a garota afirma.

E assim, com Blendin como padrinho e Mabel como madrinha, Dipper se casa com a Sra. Gobblesnout. Eles vivem o resto de suas vidas em um celeiro, alimentando-a com feno.

E, ainda que Dipper e Sra. Gobblesnout nunca tenham compartilhado aquilo que muitos consideram como "amor verdadeiro" ou afeição, eles têm um casamento estável, sólido, baseado em confiança e comunicação aberta.

FIM.

USAR DINAMITE PARA DESMORONAR O CAMINHO

— O detonador! — grita Dipper.

Mabel respira fundo e empurra o êmbolo para baixo.

BUUM!

Uma explosão enorme acontece e rochas caem em volta deles em um deslizamento catastrófico.

Mabel, Dipper e Blendin se jogam no chão e protegem as cabeças.

Quando as rochas se acomodam, eles olham para cima.

– Nós conseguimos! – diz Dipper. – O caminho foi fechado!

– Isso! – Mabel exclama. – Afastamos aquele garimpeiro estranho!

– Eu escutei isso – diz Jugsley, do outro lado dos destroços. – Raios! Maldição.

Blendin e os gêmeos fazem um "toca aqui" juntos.

– Toma essa, seu lunático barbudo! – diz Dipper.

– Hum, Dipper, o chão ainda não parou de mexer – Mabel observa.

O trio para.

O chão está tremendo.

– Será que causamos um terremoto ou algo assim? – o gêmeo indaga.

– Oh, não! – grita Blendin. – Todo mundo, segurem-se!

O chão se abre e um líquido preto começa a jorrar como um gêiser. O líquido bate no teto e faz um buraco.

– Irraa! Nós encontramos água suja! – exclama Mabel.

– É *petróleo*, Mabel! – Dipper afirma, sorrindo. – Acabamos de criar uma maneira fazê-lo sair!

Eles escalam até a superfície para inspecionar sua posse.

– Vocês sabem o que isso significa? – grita Blendin. – Nós estamos ricos de petróleo! O melhor tipo de rico! Não precisamos mais do tesouro! E agora posso usar um chapéu de caubói e me intitular de algo como Grande Valentão e as pessoas ficarão intimidadas demais para tirar sarro de mim!

Os gêmeos comemoram.

Algumas horas mais tarde, Blendin e os gêmeos fizeram o seguinte acordo: Blendin ficará no passado para monitorar as operações de retirada do petróleo e irá separar uma parte do dinheiro para Dipper e Mabel. Em seguida, irá enterrar esse dinheiro no chão e, quando chegarem até o futuro, os irmãos podem cavar e encontrar seus ganhos. Os gêmeos julgam isso uma ótima ideia e dizem adeus para Blendin. Dipper puxa a fita métrica do tempo e os dois retornam para o futuro, prontos para reivindicar seus lucros. Mas algo parece errado. Gravity Falls não se parece exatamente com Gravity Falls. O céu possui uma cor vermelha escura apocalíptica. Há barras de ferro em todas as janelas e grafite nas paredes. Parece um pesadelo devastado pela guerra. Dipper e Mabel estão inquietos.

– Dipper, o que aconteceu com nosso lar? – pergunta Mabel.

Eles tropeçam para trás e descobrem que a estátua de Nathaniel Noroeste foi substituída por uma de Toby Determinado.

Dipper e Mabel ficam boquiabertos.

– Mabel, leia as inscrições da estátua – diz Dipper, dando um passo à frente.

— EM HONRA A —

ELE, QUE ENCONTROU BILHÕES EM OURO ENTERRADO
NAS FLORESTAS E OS USOU PARA COMPRAR MÁQUINAS
DO TERROR PARA NOS MANTER EM NOSSOS HUMILDES LUGARES:
TOBY DETERMINADO, GOVERNANTE SUPREMO DE TODA GRAVITY FALLS.
OBEDEÇAM-NO OU HA-CHA-CHA.

– Isso é horrível! – diz Mabel.

– Está tudo bem, nós podemos desfazer esse Toby-geddon! – o garoto afirma. Ele puxa a fita métrica do tempo, contudo fica completamente aterrorizado ao descobrir que o petróleo entrou nos circuitos da fita e ela está quebrada. O presente é agora permanente.

Parece que, para eles, esta realidade é o...

FIM.

PROSSEGUIR COM O CASAMENTO

— Mabel, tenho que fazer isso – Dipper fala.

– Mas e o tesouro? – a irmã indaga.

– Hum, sei não. Não é o amor o maior tesouro de todos, ou algo do tipo? – diz Dipper.

– Ohhh, você é tão idiota – diz Mabel, passando as mãos no cabelo dele. – Talvez você realmente *deva* se casar enquanto há uma chance!

Em uma cerimônia pequena e particular, embaixo das parreiras do jardim, Dipper se casa com Wendinella.

Ele experimenta seu primeiro beijo e é exatamente do jeito que sempre sonhou. Ele admira Wendinella, que o admira de volta. Dipper sabe que fez a escolha certa.

O garoto diz adeus a Mabel e Blendin e os encoraja a visitá-los sempre. Também lhes entrega um bilhete, a fim de explicar a Stan e a seus pais tudo o que aconteceu.

Dipper e Wendinella viajam até seu novo castelo em seu novo reino. É um lugar grandioso nas montanhas, onde os estandartes com o brasão da família Pines voam exitosos pelas antigas torres intocadas.

– Que lugar perfeito para passar o resto de nossas vidas juntos – diz Dipper.

– Sim, realmente – Wendinella concorda. – Afinal, somente a morte irá nos separar. – Ela tosse.

– Uou, que tosse foi essa? – pergunta Dipper.

– Nada não, cara – Wendinella responde e tosse novamente. – Provavelmente um pouco de peste negra. Todo mundo pega uma dessas uma hora ou outra.

Dipper começa a suar. Ele conhece o azar bem o suficiente para saber que essa é uma daquelas situações nas quais, em uma virada irônica do destino, Wendinella com certeza irá morrer e o deixará inconsolável e sozinho, arrependido de sua escolha.

Mas ela não morre.

Na verdade, Dipper e Wendinella seguem suas vidas juntos, muito felizes. Eles comandam o reino com bondade e generosidade, mas ainda fazem seus servos formarem uma pirâmide humana e vestirem túnicas ridículas todas as quintas-feiras. É um bom acordo. Às vezes eles saem para resolver mistérios medievais juntos. Wendinella encoraja Dipper a usar seu conhecimento do futuro para escrever profecias vagas e terríveis sobre o século vinte, só para sacanear com as pessoas. Essas profecias são publicadas sob o pseudônimo de Nostradamus.

– Não acredito que isso realmente deu certo – Dipper afirma. – Sinto muita pena das outras versões de mim, de universos paralelos distintos, que não conseguiram isto aqui!

Eles riem e, surpreendentemente, vivem felizes para sempre.

Own, que fofo. Mas teria sido um pouco mais fofo com o Tesouro dos Piratas do Tempo.

FIM.

DEIXAR OS POLICIAIS LEVAREM DAVY

Dipper olha para trás e vê o relógio de olho de Davy Tempo-Jones cheio de lágrimas. Ele olha para os Agentes Executores de Anomalias do Tempo, abaixa a cabeça e diz:

– Nós... Nós estamos do seu lado.

Dundgren sorri:

– Podem algemá-lo, rapazes – ele autoriza, e dois agentes seguram Davy Tempo-Jones e o levam embora.

Davy enfia os calcanhares com força no chão e move os braços, tentando se libertar:

– Você me traiu! – ele grita a Dipper. – Pensei que éramos Reis do Relógio pra vida!

Dipper olha para os próprios sapatos e pensa eno quanto eles se divertiram juntos jogando comida, transformando um guarda da prisão em bebê, cruzando o abismo...

Davy Tempo-Jones se liberta dos guardas e corre até Dipper. Ele agarra o chapéu pirata e tira-o da cabeça do garoto, jogando-o no chão e, em seguida, cospe nele.

Os agentes o pegam novamente e o arrastam na direção da nave, que rapidamente aterrissa e abre a porta.

– VOCÊ ME TRAIU, DIPPER PINES! – Davy Tempo-Jones berra. – E ISSO IRÁ ASSOMBRAR VOCÊ ATÉ O DIA DA SUA MORTE!

Ele é levado para dentro da nave, que voa para longe.

Uma bola de feno rola no estranho deserto árido do espaço.

– Bom, melhor continuar andando! – diz Mabel, com um sorriso.

Dipper pega o chapéu pirata. O trio começa a andar. De repente, a nave volta, pousa na frente deles e Lolph e Dundgren saem dela.

– Esperem – Lolph pede. – Nós verificamos em nosso sistema e descobrimos que você não é um policial disfarçado, Blendin! Você deve vir conosco! – Ele coloca algemas do tempo nos pulsos de Blendin e o arrasta para longe.

– E vocês, crianças, devem ir para casa – diz Dundgren. Ele os transporta rapidamente para o presente.

De volta à Cabana do Mistério, tudo retorna ao normal. Stan faz café da manhã para os gêmeos, Mabel fica deslumbrada com seu chapéu de pirata e tem novas paixões, e Dipper conta a Soos tudo sobre a aventura do tempo fora de série.

Mas, toda noite, Dipper encara seu chapéu de pirata sujo, porque ele realmente está assombrado pela culpa... para sempre.

FIM.

ENFRENTAR OS PIRATAS DO TEMPO

Barba Temporal e sua tripulação começam a se mover para pegar Blendin.

– O Blendin pode ser burro... – Mabel começa.

– Ei! – diz Blendin.

– ... e pode ser um viajante do tempo horrível... – a garota continua.

– O pior! – Dipper completa.

– Ei, não é pra tanto! – diz Blendin.

– ... mas ele é nosso *amigo* e vamos ficar do lado dele! – Mabel termina e saca uma espada enferrujada da areia.

Dipper faz o mesmo.

– Iarrrrrr, preparem seus mosqueteiros do tempo! – ameaça Barba Temporal.

Sua tripulação começa a enfiar relógios de pulso e partes de relógios de parede dentro de pistolas.

Com um baque de estremecer os minutos, o Tiranossauro Rex pula do navio para a areia, com um dos piratas nas suas costas. O dinossauro começa a bater os pés na areia de forma ameaçadora.

– Se é uma batalha do tempo que vocês querem, será uma batalha do tempo que vocês terão! – diz Barba Temporal. – Ataquem!

A tripulação dispara tiros na direção de Blendin e dos gêmeos.

O trio dispara de volta.

Dipper se esquiva e rasteja, salta, e começa uma briga de espadas com um Pirata do Tempo. Então, em um movimento brusco, ele vai para baixo do pirata e chuta as pernas dele.

Mabel corre na areia, em direção a um Pirata do Tempo particularmente robusto.

Ele balança a espada na direção da garota, porém ela se esquiva, passa por baixo das pernas do homem, escala as suas costas e puxa o chapéu a fim de cobrir-lhe os olhos.

Blendin dispara ambas as pistolas laser que trouxe consigo. Portais para outros períodos no tempo começam a se abrir em todos os lugares. Um tubarão sai de um deles, morde um dos Piratas e o arrasta de volta para o portal.

– BASTA! Ataquem com o dinossauro! – Barba Temporal ordena.

O Pirata do Tempo que está montado no tiranossauro dispara na direção de Blendin, eliminando outros Piratas do caminho. O dinossauro ataca Blendin e o derruba na areia com uma cabeçada antes de retornar e efetuar um golpe final.

Dipper observa tudo por cima de seus ombros. Ele se vira para pegar sua espada, mas, após fazer isso, percebe que está cara a cara com o cano de uma pistola reversível de tempo. Albert Einstein está apontando a pistola. Dipper se esquiva, enquanto o ganhador do Nobel atira. O disparo acerta o Pirata logo atrás de Dipper, transformando-o em um bebê. Dipper chuta a arma das mãos de Albert Einstein, agarra-a, gira e atira na direção do T-rex. O dinossauro imediatamente se transforma em um adorável bebê tiranossauro, que se parece muito com um papagaio sem penas.

Mabel logo pula nas costas dele:

– Vamos, meu anjinho! – ela diz enquanto derruba uma fileira de Piratas do Tempo como se fossem pinos de boliche.

Vários deles saem correndo para longe dela.

TEMPO

Ben Grandão encoraja inúmeros Piratas do Tempo e os lidera até a batalha. Eles correm na direção de Dipper, forçando-o a participar de uma luta de espadachins com mais três piratas. Porém, eles possuem sabres do tempo, com os quais cortam a espada de Dipper e o deixam segurando somente o cabo. Ele é então derrubado na areia.

– Iarrrr, parece que esse vai ser seu fim – diz Ben Grandão. Ele levanta seu sabre do tempo.

Dipper olha para Mabel e Blendin, que estão em situações similares. O garoto começa a mexer na areia em volta de si, procurando alguma coisa, qualquer coisa. Sua mão esbarra em algo sólido. Ele a levanta, é uma picareta.

– Iarrr pra você! – grita Dipper. Ele move a picareta rapidamente, derrubando o sabre do tempo da mão de Ben Grandão. Dipper olha para a costa. Estranhos objetos do Velho Oeste foram carregados pela maré.

– Pessoal! Tem um monte de coisas do Velho Oeste na praia! Peguem algo! – ele grita.

Mabel agarra umas tortas e começa a arremessá-las nos Piratas, que fogem gritando. Blendin pega um vestido com espartilhos e joga na cabeça de outro Pirata antes de derrubá-lo. Ben Grandão e o último contingente de homens bate em retirada.

Dipper os encurrala de volta para seus navios.

Blendin o ajuda disparando mais tiros da arma laser.

Juntos, os três derrotam os Piratas do Tempo.

– O quê? – diz Barba Temporal. – O *que está acontecendo*?

– Eles são muito poderosos! – grita um Pirata do Tempo. – Nós não podemos detê-los!

– Pode apostar seus dentes que somos imbatíveis! – diz Mabel.

Barba Temporal fecha os punhos:

– Iarrr, vocês não me dão escolha. Nós temos uma arma secreta.

Todos os Piratas do Tempo estremecem e começam a murmurar.

Ben Grandão se aproxima do Barba Temporal:

– Você não pode estar falando sério! – ele afirma.

– Estou falando sério – diz Barba Temporal. – SOLTEM O GATO DO TEMPO!

Dipper e Mabel fazem uma careta.

Blendin solta um grito agudo.

Chocados, todos os Piratas do Tempo escondem o rosto com as mãos enquanto uma porta enorme na frente do galeão começa a se abaixar. A porta bate na areia com um baque forte. Um rugido horripilante ecoa do interior do navio. O chão estremece. Algo muito grande sai das sombras e pisa para fora. Ao perceber isso, o bebê tiranossauro sai em disparada na direção da praia.

Os gêmeos dão seu último suspiro, imaginando que provavelmente será o último de suas vidas.

Um gato malhado do tamanho de um elefante sai de dentro do navio.

– Ownnnn, não é tão ruim assim – diz Mabel.

– MIIIIIIIAAAAAAAAAAAAAUUUUUUUUUUUUUUUUUUUU! – ruge o gato, quase derrubando Dipper e Mabel para trás. O gato se agacha.

Tudo o que os gêmeos conseguem fazer é ficarem aflitos.

– Acho que nós não f-fizemos a e-escolha certa – gagueja Dipper.

O Gato do Tempo enfia suas garras na areia e pula na direção de Mabel!

Os Piratas do Tempo desviam o olhar.

E então... o gato rola até parar na frente dela. Ele começa a brincar com o suéter da garota.

– O novelo de lã do meu suéter! – Mabel exclama. – O Gato do Tempo ficou hipnotizado por ele!

O felino gigante começa a ronronar e se enrola todo.

Os Piratas ficam em choque.

– Eles não temem o Gato do Tempo! – grita Calico das Horas.

– O Gato do Tempo não os teme! – grita Calico dos Minutos.

– Nossa única esperança é fugir! – grita Calico dos Segundos.

Todos os Piratas do Tempo começam a correr desesperados para o navio. Alguns puxam a âncora e os outros começam a içar as velas.

Barba Temporal exclama:

– Voltem aqui e lutem! Não irei mover meu navio até que...

BUUM!

Um dos Piratas dá um soco na cara de Barba Temporal.

– Aquele Pirata acabou de acertar os ponteiros com o capitão! – diz Mabel.

– Motim! – grita o Pirata do Tempo, enquanto arrasta o líder inconsciente para o navio.

Outro Pirata segura o leme e começa a conduzir o navio.

Lá embaixo, na praia, os gêmeos e Blendin comemoram.

O Gato do Tempo continua a brincar com o suéter de Mabel, se esfregando nela.

– Nós conseguimos! – diz Blendin. – Derrotamos os Piratas do Tempo! Vocês acreditam nisso?

– Isso é incrível! – Mabel exclama, enquanto tira o suéter de novelo. – E só foi possível graças à minha escolha correta de suéter!

– Hum – Dipper balbucia. – Acho que no final das contas, escolhas pequenas importam.

Eles examinam a praia, tranquilos. Ela está totalmente destruída e queimada, devido à batalha com os Piratas do Tempo, entretanto, o hiper-X continua no mesmo lugar.

Dipper e Mabel se viram para Blendin:

– Olha, vamos dividir esse tesouro em três partes, como havíamos combinado – Dipper afirma. – Porque, ao contrário dos Piratas do Tempo, nós mantemos nossa palavra. Mas se você tentar nos enganar mais uma vez, eu juro pelo Bebê do Tempo que vamos fazer esse gato brincar de pega-pega com você, entendeu?

Mabel estala os dedos.

A praia treme com o miado que o gato emite para Blendin.

– E-e-entendi! – gagueja Blendin, aflito. – Sinto muito mesmo, pessoal. Eu tentei fazer amizade com as pessoas erradas. Mabel, você faria as honras? – Ele entrega a pá a Mabel.

Sorrindo, Mabel atinge o hiper-X com a pá e o tesouro começa a ser despejado, como moedas em um videogame.

Há rubis, moedas e estátuas de ouro, pinturas famosas, uma cópia da Declaração da Independência, Amelia Earhart muito confusa, e todos os tipos possíveis de riquezas.

Eles ficam boquiabertos enquanto observam aquela abundância.

– Esse é o maior tesouro que já vi! – Dipper declara.

– Onde eu estou? – pergunta Amelia.

– Provavelmente dá para comprar ao menos um barco com isso! – diz Mabel enquanto levanta a mão, cheia de moedas que caem por cima de sua própria cabeça.

Dipper e Mabel dançam, mas Blendin está encarando o tesouro, pensativo.

– Tenho uma ideia – Blendin começa. – Crianças, esse tesouro é somente uma gota no meio do oceano. Se quiséssemos, com esse gato do tempo, nós poderíamos assumir o controle da tripulação dos Piratas do Tempo e viajar pelos séculos saqueando o dobro disso. Por que ser *rico* quando você pode ser *ainda mais* rico?

– Sei não – Mabel pondera. – Isso não soa um pouco ganancioso?

– O dia foi bem longo e talvez devêssemos ficar satisfeitos com a riqueza infinita que já está aqui na nossa frente – Dipper afirma, enquanto moedas continuam a jorrar como uma fonte do hiper-X.

– Ah, vamos lá, pessoal, sejam gananciosos comigo! – diz Blendin, enquanto balança a fita métrica do tempo em suas mãos. – Não há nada de errado com isso! Hum? Hum? Eu dou uma puxadinha, nós voltamos alguns minutos no tempo e assumimos o controle do navio dos Piratas do Tempo antes de eles partirem? RIQUEZA EM DOBRO.

Dipper e Mabel olham um para o outro.

– O que devemos fazer? – pergunta Mabel.

SER GANANCIOSO: VÁ PARA A PÁGINA 213.

NÃO SER GANANCIOSO: VÁ PARA A PÁGINA 244.

PROCURAR O TESOURO

— **Essa escolha é tão óbvia!** – Mabel fala, sorrindo.

– Acho que *sempre* quis uma pilha infinita de tesouros – diz Dipper.

– Além disso, acho que seria bem engraçado pagar o Tivô Stan para que ele fizesse coisas constrangedoras! – a garota exclama. – Mas como vamos encontrar esse tesouro?

– Um Pirata do Tempo escondeu o tesouro embaixo de um hiper-X que está em uma ilha temporal, num oceano do tempo, que só pode ser acessado quando você atravessa um portal do tempo específico – Blendin explica.

– Tipo, tem alguém te pagando pra repetir a palavra *tempo* tantas vezes? – pergunta Mabel.

– Preste atenção, tempo é dinheiro! – Blendin grita. – A única forma de entrar pelo portal é com uma chave. E sim, é uma *Chave do Tempo*, senhorita Sabe-Tudo! – Blendin lança um olhar irritado para Mabel e então desenrola um mapa antigo que possui uma ilustração de chave.

Os olhos de Dipper e Mabel ficam arregalados.

– Chaves do Tempo são extremamente raras, mas se encontrarmos ao menos uma, será um tesouro tão valioso quanto o nosso! E eu descobri a localização aproximada da chave. Ela está na Inglaterra medieval... ou talvez perdida no Velho Oeste... ou pode ser que esteja aqui também.

Blendin entrega o mapa a Dipper, que analisa as imagens e ri:

– Blendin, aqui está o problema! Você está no lugar certo, mas na hora errada. – Ele inverte o mapa e mostra a Blendin onde está escrito 207̃05. – A chave deve estar no futuro!

Blendin suspira:

– Ah, minha mãe estava certa. Sou mesmo muito ruim em tudo que faço. – E tira do bolso a sua fita métrica do tempo.

– Obaa! – Mabel se anima. – Três aventuras para escolher? Uma mais emocionante do que a outra? Minha nossa!

– Não tome uma decisão sem pensar – diz Blendin. – Não é só alegria e diversão. Cada um desses lugares apresenta perigos muito sérios. Provavelmente vamos pegar a peste negra na Inglaterra medieval. No futuro, seremos caçados como foras da lei, e a parte do Oeste à qual precisamos ir é comandada pelos Irmãos Calamidade, os bandidos mais perigosos da História!

– Pffff, tudo o que estou escutando é: dragões, corridas espaciais e aventuras em minas! – a garota exclama.

– Temos que escolher uma – diz Dipper. – Mas qual?

O VELHO OESTE: VÁ PARA A PÁGINA 133.
O FUTURO: VÁ PARA A PÁGINA 192.
PERÍODO MEDIEVAL: VÁ PARA A PÁGINA 222.

CONVERSAR COM O DRAGÃO

— **Espera, pessoal! — Mabel pede.** – Vocês não percebem que ele está chateado? – Ela se vira para o dragão e se aproxima: – Calminha, dragão amigo. Deixe a Mabel te curar com as palavras.

– Você tá... tá falando sério? – pergunta o dragão.

– Não se preocupe comigo. Vamos falar sobre *você* – diz Mabel.

O dragão sorri e se deita, enquanto a garota pega um bloco de notas.

– Ok, bem, acho que tudo começou nos primeiros anos do ensino fundamental – o dragão desabafa. – Os outros dragões sempre me escolhiam por último para jogar bola...

Uma hora se passa, e Mabel e o dragão estão se abraçando, ele chorando no ombro dela.

Dipper e Blendin reviram os olhos e jogam moedas de ouro em um canto, para passar o tempo.

– Então eu disse a ele: "Não quero incinerar pessoas para comer" – o dragão continua desabafando para Mabel. – "Quero estudar arte, pai!". – Ele enxuga uma lágrima de seu olho. – E ele respondeu: "Bem, então, talvez você não seja meu filho. Porque filho meu não é artista. Você sabe o quão difícil é encontrar um trabalho? É capaz de você acabar escrevendo livros infantis!".

– E como isso fez você se sentir? – pergunta Mabel.

– Fez eu me sentir pequeno! E... e não amado! – chora o dragão.

– Tá tudo bem, dragão Connerheart. Tá tudo bem. Mas é hora de aproveitar o futuro! O que significa que você deve se desprender do passado! Confie em mim. Sou uma garota de doze anos que viaja pelo tempo.

Connerheart sorri.

– Mabel, esta foi a conversa mais produtiva que já tive em toda a minha vida. Nem quero mais comer seus ossos. Tem algo que eu possa fazer por você, para compensar?

– Bem, estamos tentando pegar uma chave com o rei, e ele disse que nos daria a chave se conseguíssemos levar de volta o cálice dele, aquele que você roubou – a garota explica.

– Este negócio velho? – indaga Connerheart, tirando o cálice de baixo do esqueleto de um anão. – É todo seu! Sabia que esse tesouro aqui nem é ouro de verdade? São só moedas de madeira pintadas de dourado. Traz uma estética mais elegante ao ambiente, na minha opinião.

Mas estou divagando. Enfim, deveria saber que talvez estejam mentindo para você!

– O quê? – pergunta Mabel.

– Este nunca foi o cálice do rei. Ele apenas envia as pessoas aqui há anos para "conseguir o cálice de volta" como uma forma de distração. É assim que ele se livra de invasores indesejados.

Dipper e Blendin soltam suas moedas, boquiabertos.

– O rei provavelmente ofereceu a vocês um dos três desafios, correto? – diz o dragão.

Todos ficam surpresos.

– Ele ofereceu, eu sabia! – o dragão continua. – Sempre esses desafios.

– Ok, pensando melhor, que tal se você voasse conosco até o castelo e nos ajudasse a ter uma conversinha com o rei? – Mabel sugere.

– Ho-ho, você quer dizer vingança? – diz o dragão. – Mas como podemos *aproveitar* o *futuro* quando ainda estamos presos em pensamentos vingativos? – Ele sorri.

– O FUTURO É A VINGANÇA – Mabel declara.

– Você tem certeza? – o irmão quer saber.

– SIM, TENHO CERTEZA DE QUE QUERO VINGANÇA! – a garota responde.

SER VINGATIVO: VÁ PARA A PÁGINA 43.
NÃO SER VINGATIVO: VÁ PARA A PÁGINA 185.

MABEL DIRIGE

– Hum, hum, hum... Vou ter que concordar com a Mabel nessa! – diz Blendin. – Ela é mais barulhenta e mais irritante, e eu pessoalmente respeito isso.

– ISSO! – Mabel concorda, fechando o punho. – Tudo bem, eu sou a capitã dessa nave do tempo e, por isso, quero que todos se refiram a mim como Madame Capitã.

Blendin faz um aceno positivo com a cabeça.

Dipper revira os olhos.

– Nós temos uma corrida insana pela frente e, pela graça do Bebê do Tempo, vamos ganhar. Eu garanto – a garota assegura, socando a palma da mão com o punho. – Dipper, você será meu copiloto. Blendin, você nos assiste da arquibancada e, se precisarmos de ajuda, falamos com você pelo rádio. – Ela entrega a Blendin um radiocomunicador de um armário de engrenagens ao lado dela. – VAMOS CORRER!

Na linha de partida, Mabel liga os motores.

O veículo inteiro emite sons estrondosos e pulsa com um brilho eletrizante.

– *Yeah, baby*! Nós temos potência! – Mabel se anima. – Quem precisa de tanques à prova de perfurações quando está dirigindo um relâmpago? – Ela acelera.

Estranhos alienígenas sobem nos veículos. A poeira paira na pista.

Um piloto chamado Corredor T sai em disparada na direção deles.

– Oh n-não, é o Corredor T! – gagueja Blendin pelo comunicador. – Esse é o piloto espacial mais feroz que já existiu! Seus truques sujos só não são mais horrorosos que o seu rosto alienígena medonho!

O piloto estaciona ao lado deles.

Dipper, Mabel e Blendin soltam um grito quando eles veem...

– TOBY DETERMINADO? – o trio exclama.

Para surpresa de todos, o piloto reconhecido como Corredor T é o repórter rejeitado da cidade natal deles, Toby Determinado.

– O que está fazendo aqui? – questiona Dipper.

– Bem, eu acidentalmente caí em um portal do tempo enquanto estava tentando usar os chuveiros públicos da piscina – Toby explica. – Quando cheguei aqui, todos presumiram que eu fosse um alienígena e me deixaram fazer o que quisesse. Parece que tenho um jeito para corridas. Todas as vezes que segui Shandra Jimenez de carro finalmente compensaram!

– Toby, você pode deixar a gente ganhar essa corrida, por favor? – Mabel pede. – Nós te daremos uma parte do tesouro!

– Ah, tá! – diz Toby. – Agora sou o piloto oficial do Imperador Snorgshnog e ganho milhões em créditos com patrocínio! Vocês, pequenos bobocas, vão pelo cano! Ha-cha-cha! – Ele coloca o capacete e abaixa o visor.

Mabel lança a ele um olhar furioso:

– *Ele é quem vai pelo cano.*

– É hora de começar a nossa corrida! – berra o locutor.

À frente deles, um sinal pisca.

Está vermelho.

Amarelo.

Anil.

Bicolor.

Caleidoscópio.

Verde.

Mabel pisa fundo no pedal e sai em disparada com um *BOOM!* sônico.

A plateia vai à loucura.

Os gêmeos assumem a liderança logo no início, com Toby Determinado se aproximando. Eles se movem em velocidades impossíveis, mas Mabel desvia de arcos de pedra e estalagmites, ziguezagueando pelo cânion com elegância.

A aceleração de força-*g* faz as bochechas de Dipper irem até as suas orelhas. – MAAAAAABELLLLLL... estamos indo muuuuuuitoo rápiidoooo.

– Você é incrível! – elogia Blendin pelo comunicador. – Como uma criança do passado pensa rápido o suficiente para acompanhar essas curvas?

– Eu como açúcar direto da caixa! – berra Mabel, com o sorriso cada vez maior.

Em uma longa curva, Toby Determinado pega um atalho para alcançá-los e começa a empurrar a lateral do veículo dos gêmeos, tentando tirá-los da pista. Rindo de maneira irritante, ele pressiona o botão dos combustores traseiros, cegando temporariamente os gêmeos com um flash do jato de fogo dos motores.

Mabel se comunica com Blendin:

– Blendin! Ele está na liderança! O que devemos fazer?

– Parece que vocês estão indo para a curva Boonta Roku S! – Blendin informa. – Antes dela, à esquerda, tem uma passagem secreta. É um atalho que te dará a liderança!

– Mas isso não é trapacear?! – grita Mabel.

– E isso importa? – Blendin grita de volta.

– Caramba, o que vamos fazer, Dipper? – ela pergunta. – Temos que decidir rápido! Devemos pegar o atalho e trapacear para ganhar? Ou devo parar um pouco para levar em consideração a ética de tudo isso e, então, trapacear de todas as formas?

IR PELO ATALHO: VÁ PARA A PÁGINA 180.
FINGIR QUE SE IMPORTA COM QUESTÕES MORAIS: VÁ PARA A PÁGINA 216.

ACEITAR O CASAMENTO

— Tudo bem! — diz Dipper. – Eu me caso com a sua filha!

Mabel se assusta e puxa o irmão e Blendin de lado:

– Dipper, o que está fazendo? Você está brincando com o *amor*.

– Não se preocupe – o garoto assegura. – É só uma formalidade. Eu digo sim, talvez ele nos dê a chave e, então, poderemos fugir antes da cerimônia acabar. Confie em mim. Não há nada nesse mundo que me faça prosseguir com iss...

– WENDINELLA! – grita o rei. – Venha conhecer seu marido!

Com um anúncio de trombetas, uma garota alta, ruiva e cheia de sardas entra no pátio.

– E aí, cara? – diz Wendinella.

Dipper fica boquiaberto e diz:

– Wendy?

– Wendinella, converse de modo apropriado, por favor – o rei pede. – Sua escolha de palavras confunde meus ouvidos! – Ele se inclina na direção de Dipper, Mabel e Blendin. – Adolescentes, não é mesmo?

Blendin concorda.

Wendinella revira os olhos.

– Então, você é tipo, meu marido? Vamos acabar logo com isso, cara. Mal posso esperar pra sair dessa cidade!

– Sair dessa cidade? – pergunta Dipper.

– É, você não sabia? Depois da cerimônia, recebemos nosso próprio reino com castelo e tudo o mais. Ganhamos até servos! Vou obrigá-los a formarem uma pirâmide humana e disputarem quedas de braço só pra me divertir.

– Isso parece incrível – murmura Dipper, com os olhos arregalados, sorrindo.

O rei levanta do trono e se aproxima do garoto.

– Bem, considerando que você está prestes a ser da minha família, é melhor eu te dar isso. – Ele entrega a Dipper a Chave do Tempo que estiveram procurando esse tempo todo.

Mabel e Blendin arregalam os olhos.

Dipper olha para eles, e então para Wendinella, que lhe observa carinhosamente.

Mabel está segurando a fita métrica do tempo, sugerindo que eles aproveitem a oportunidade para fugir.

Dipper engole em seco.

– Oh, não – diz Mabel, enquanto puxa Dipper de lado, para uma reunião. – Você está realmente considerando prosseguir com isso, não está?

– Mabel, isso é tudo que eu sempre quis. Essa princesa é praticamente a Wendy. Eu teria minhas próprias terras e poderia estudar alquimia e dragões com a garota dos meus sonhos!

– É, mas aqui é a Era Medieval! Não tem nem dentistas por aqui! – Mabel exclama.

– Eu odeio dentistas! – o irmão responde.

O rei tosse.

– Aham, então, a cerimônia de casamento?

Dipper olha para Wendinella, que parece um sonho.

– A vida é sua, Dipper, mas recomendo fortemente: não fique aqui – a garota o alerta.

Dipper pensa a respeito.

PROSSEGUIR COM O CASAMENTO:
VÁ PARA A PÁGINA 91.
DEIXAR O ALTAR E IR EMBORA:
VÁ PARA A PÁGINA 178.

POÇÃO DO OURO

— Acho que vamos levar a... – diz Mabel.

– OURO! OURO! OURO! – grita Blendin.

Dipper e Mabel o encaram.

– O quê? – diz Blendin. – Foi por conta disso que entramos nessa aventura estúpida, pra começo de conversa!

– Não posso argumentar contra isso! – Mabel encolhe os ombros. – Imagine se tudo que você tocasse se transformassem em ouro! Seria incrível! Exceto jogar basquete, pensando bem.

– É – Dipper concorda. – Acho que seria legal transformar pessoas em estátuas de ouro.

– QUE ASSIM SEJA! – diz o mago, enquanto entrega ao grupo um frasco com um líquido dourado reluzente. Em seguida, ele monta em um unicórnio e sai cavalgando na direção do pôr do sol.

Blendin abre a tampa do frasco e toma um gole. Ele passa para Dipper, que faz o mesmo. Dipper passa para Mabel, que limpa o gargalo e depois também toma um gole.

– Alguém sente algo diferente? – ela pergunta.

Todos dão de ombros.

Dipper toca uma pedra com seu dedo e a observa virar ouro.

– Uou! Funcionou! Pessoal, nós temos o poder! Toca aqui!

Todos se inclinam para fazer o "toca aqui" e então...

– Espere! – grita Blendin. – Nós quase nos tocamos e transformamos uns aos outros em estátuas de ouro.

– Ufa, isso teria sido realmente muito idiota. Mandou bem! – Mabel fala enquanto todos, simultaneamente, limpam suas testas em alívio, transformando-se em ouro.

FIM.

DIPPER DIRIGE

— **Hum... eu escolho o Dipper! – diz Blendin.**

Mabel joga o capacete no chão e faz uma cara feia.

– Desculpe, ele está me encarando e não gosto de confrontos! – afirma Blendin. Ele sai andando para os camarotes.

– Bem, está decidido. Vamos pular nessa belezinha e levá-la para dar uma volta – diz Dipper. Ele sobe no assento de piloto, Mabel coloca seu capacete e se ajeita no assento do copiloto.

A equipe da corrida começa a empurrar a nave de Dipper na direção da linha de partida, onde os estranhos competidores alienígenas estão entrando em seus veículos e acelerando os motores.

– ESTÁ QUASE NA HORA DE A CORRIDA COMEÇAR! – o locutor começa a anunciar pelos alto-falantes. – LEVANTEM-SE TODOS PARA O NOSSO HINO NACIONAL, UMA MÚSICA ANTIGA QUE CANTAMOS HÁ MILHARES DE ANOS!

Todos ficam em pé.

– EU SOU O CAMPEÃO, EU MORO NA MANSÃO, EU SOU O CAMPEÃO, EU MORO NA MANSÃO – eles cantam em uníssono, com as mãos repousando em seus corações.

– Esta época é realmente horrível – diz Dipper.

– Você tem certeza que consegue pilotar isso aqui? – pergunta Mabel. – Parece bem complicado e às vezes você fica confiante demais.

Dipper examina os controles, que consistem em centenas de botões, discos e interruptores marcados com símbolos alienígenas. Há um botão com apenas um desenho de cachorro.

– Tente este botão! Ou que tal aquele botão? – Mabel sugere.

– Mabel, pode parar – diz Dipper. – Ninguém gosta de copilotos.

– Ei, Dipper – diz Blendin pelo comunicador. – Vou ser copiloto também. Espero que não se importe comigo e sua irmã falando constantemente enquanto dirige.

– Pessoal, é sério, vocês dois, eu consigo fazer isso! – explica Dipper.

– PREPARADOS... – o locutor anuncia.

Os corredores alienígenas aceleram seus motores.

– EM SEUS POSTOS...

Dipper segura o volante e encara os controles.

– VÃO!

Dipper pressiona um botão grande e verde.

UOOOSH!

O veículo acelera... para trás.

Dipper e Mabel gritam. A nave vai ao contrário em uma velocidade tão rápida nunca antes vista.

– Você apertou o botão errado! – grita Mabel. – Eu sabia que era eu quem deveria estar dirigindo!

– Eu só queria lembrar todos da importância de ajustar o cinto de segurança – diz Blendin.

– Por que isso vai ser útil agora? – grita Dipper.

O veículo deles para.

– Úfa, você parou! – diz Mabel.

– Mabel – Dipper fala, franzindo a sobrancelha. – Eu não apertei nada.

Os gêmeos olham para fora do veículo aterrorizados e veem o Bebê do Tempo, que está segurando-os com seus dedos enormes e gorduchos.

– SUA FALTA DE HABILIDADE NA CORRIDA DEIXOU O BEBÊ DO TEMPO INSATISFEITO – ele diz, sua voz ecoando como um trovão. – VOCÊS SERÃO UM ÓTIMO PURÊ PARA A MINHA BARRIGUINHA ENORME.

Ele inclina o veículo na direção de sua boca e começa a devorá-lo.

– Oh, cara, desculpem por isso, pessoal – Blendin fala pelo comunicador. – Vejam pelo lado bom, é uma honra incrível ser comido pelo Bebê do Tempo.

O Bebê do Tempo mastiga o veículo e sorri contente.

É definitivamente adorável.
Levando em consideração todas as possibilidades,
há formas piores de encontrar seu...

FIM.

PARTICIPAR DE UM TIROTEIO COM JOE OLHOS SELVAGENS

— Eu vou! – grita Dipper, enquanto se livra das mãos de Joe Olhos Selvagens. – Só deixe meus amigos e eu em paz! E, se possível, pare de babar tanto – ele adiciona. – Tem escarradeiras aqui em todos os cantos, cara. É só usar.

Joe Olhos Selvagens dá um sorriso malicioso.

– Bom, talvez você não seja tão covarde assim! – Ele cospe em um dos potes e erra. Em seguida, arrasta Dipper para fora, até a velha praça da vila.

O barulho das pessoas indo e vindo desaparece conforme os moradores da vila se apressam para dentro das casas, se escondendo atrás de cavalos e dentro de barris. Abutres começam a voar em círculos no céu.

Mabel cerra os olhos e levanta a mão até o rosto, como um visor:

– Cara, o sol tá bem alto ao meio-dia. Espera um pouco... – Mabel aponta o dedo indicador para o sol. – Ha-ha! Agora entendi o que você está fazendo aí, sol!

Joe Olhos Selvagens desenha uma linha na terra com o pé e diz:

– As regras do duelo são simples. Você começa aqui, anda mais ou menos quarenta passos e então SACA!

– *Mais ou menos* quarenta passos? – pergunta Dipper. – O número não deveria ser exato?

– Ei, galera, olha só, o Copérnico aqui quer um número exato! – grita Joe Olhos Selvagens, com uma risada alta e forte.

– Quem é Copérnico? – pergunta um fora da lei desdentado com uma voz estridente.

Sem piscar, Joe Olhos Selvagens saca sua arma e atira em direção ao malfeitor, errando por pouco. O homem se esquiva e pula atrás de um cocho cheio de água. Todos ficam em silêncio.

– ALGUM OUTRO ESPERTINHO TEM UMA PERGUNTA? – berra Joe Olhos Selvagens.

Dipper fica aflito:

– Hummm, tenho uma, na verdade. Eu... eh... não tenho uma arma.

– Você não tem uma arma? – diz Joe Olhos Selvagens. – Este é o Velho Oeste! Até bebês têm armas aqui! Eles são obrigados por lei a andarem armados!

Dipper abre a boca, mas Blendin o puxa de lado, fora do alcance das pessoas da vila.

– Olha, eu trouxe duas armas laser do futuro, lembra? – Blendin sussurra. – É só usar uma delas!

– Isso é ótimo! – Dipper afirma. – Bom, na verdade, não estou nem um pouco empolgado em ter que matar alguém.

– Só tem um probleminha – diz Blendin. – As armas ficaram bem danificadas por conta da viagem, então... uma delas pode estar um pouco instável agora. Oops.

– Como você consegue ser tão ruim no seu trabalho, Blendin? – questiona Dipper.

– Com muito tempo e prática! – Blendin responde com um sorriso.

Dipper olha para as duas armas que estão nas mãos de Blendin.

Qual arma Dipper deve usar?

A ARMA COMPRIDA E FINA:
VÁ PARA A PÁGINA 182.
A ARMA CURTA E GROSSA:
VÁ PARA A PÁGINA 161.

ABRIR AS PORTAS PARA A SALA DO TESOURO

O grupo empurra as pesadas portas de carvalho.

– Cara, quando enfim chegarmos até o tesouro, vou nadar nele – Mabel afirma. – Eu não me importo se isso for fisicamente impossível!

– Vou esfregar o tesouro na cara e fazer sons desconfortáveis e gemidos estranhos por um bom tempo! – diz Blendin. – Já estou avisando.

A porta cede e Blendin move a tocha.

Um pedestal está posicionado no meio da sala.

– Só pode ser isso! Deve ser onde a Chave do Tempo está! – Dipper reflete.

Eles se aproximam, tremendo. Blendin vai até o pedestal:

– O quê? Onde está?

– E por que tem um bilhete? – pergunta Mabel.

– Pessoal, acho que alguém pegou a Chave do Tempo antes de nós – diz Dipper, pegando o bilhete. Ele o lê em voz alta: – "A quem possa interessar: eu, o famoso apostador Chazforth Bumpkinfudder de Kenosha, Wisconsin, peguei essa chave e voltei para a cidade com o intuito de tentar vendê-la. Para ser honesto, não sei para que ela serve ou por que estou deixando esse bilhete. Tenham um bom dia!".

– Ahhh, cara, eu sabia que isso era bom demais pra ser verdade – Blendin suspira.

– Espera! – diz Dipper, examinado o papel. – Ele disse que é um apostador. Talvez isso signifique que entregou a chave para aqueles foras da lei que vimos antes, os que estavam jogando cartas! – Ele olha de Blendin a Mabel. – Temos que ir até o jogo de cartas!

– Ahhh, droga. Eu não gosto das coisas quando elas são difíceis. – Blendin resmunga.

– Mas pense como a sua vida vai ficar muito mais fácil quando enfim conseguirmos esse tesouro! – diz Dipper.

– Pense no quanto a vida de *todos* nós vai ficar muito melhor – a irmã completa. – Vamos voltar para a vila e tentar seguir outra dessas pistas. Força Pines Cinco, vamos lá!

– Há só três de nós – o gêmeo a corrige.

Eles colocam suas mãos juntas em um círculo e se animam antes de voltar depressa para a vila. Dipper se sente mais determinado do que nunca em conseguir a chave, enquanto eles vão...

ENFRENTAR OS FORAS DA LEI NA TABERNA: VÁ PARA A PÁGINA 241.

FICOU MAGOADO

O refrigerante Pitt Cola enche a câmara.

Dipper, Mabel e Blendin se debatem e encaram o mago.

– A r-resposta é – Blendin gagueja: – Ele estava MAGOado?

O mago encara Blendin:

– IMPOSSÍVEL! – ele grita. – Amaldiçoo minhas próprias regras! – Ele bate palmas e a Pitt Cola começa a ser drenada.

O grupo boia de volta ao chão da masmorra embebido em refrigerante.

– Ecaaa, meus pés estão grudando no chão – Mabel diz.

Em todo o lugar, os objetos estão retorcidos e presos a outras coisas.

– Bem, vocês sobreviveram à minha armadilha mortal – o mago fala, encolhendo os ombros. – Então, o que traz vocês aqui?

– O rei nos enviou para levar você de volta – diz Dipper.

– O quê? Nunca! Vocês não podem me levar de volta para aquele capitão do mato! – grita o mago. – Ele me obriga a dançar para entretê-lo e comemora todos os aniversários dos seus empregados em uma única festa miserável de escritório. É horrível! Simplesmente medonho!

– Ahhh, sabemos como se sente – Mabel consola o mago. – Nosso Tivô Stan nos obriga a trabalhar o dia todo em uma loja de presentes. Na maior parte do tempo fazemos gracinhas e comemos picolés em um ambiente com ar-condicionado, mas ainda assim é irritante, sabe.

– Eu nunca nem quis ser um mago! – ele lamenta. – Eu queria ser confeiteiro e fazer refrigerantes efervescentes que dão cosquinha dentro do meu nariz e fazem meu coração rir!

– Ah, isso explica todas as coisas estranhas relacionadas a refrigerante – Mabel observa, fazendo um sinal de confirmação com a cabeça. – Eu estava imaginando como tudo isso ia começar a trazer resultados.

– Por favor, não podem me levar de volta. Por favor, só vão embora e digam ao rei que algo horrível aconteceu comigo! Tipo, que morri ou comecei a fazer aulas de improvisação! Só me deixem em paz! – implora o mago.

Dipper, Mabel e Blendin se reúnem.

– Sei não, pessoal. Para pegarmos o tesouro temos que levar esse cara de volta – Dipper pondera.

– Mas Dipper, olhe só pra ele! – diz Mabel, gesticulando. – Ele é um homem com sonhos. Sonhos específicos muito esquisitos sobre fabricar refrigerante!

O trio pensa seriamente sobre o assunto.

DEIXAR O MAGO IR: VÁ PARA A PÁGINA 57.
LEVAR O MAGO AO REI: VÁ PARA A PÁGINA 64.

JUNTAR-SE A DAVY E COMBATER OS POLICIAIS

Dipper respira fundo, olha para o relógio de olho de Davy Tempo--Jones repleto de lágrimas e diz:

– Reis do Relógio para sempre, irmão. – Ele se agacha e chuta, dando uma rasteira em Lolph.

Davy Tempo-Jones sorri. Ele agarra Dundgren pelo braço e o lança por cima de sua cabeça! Em seguida, pega a arma de Dundgren e começa a atirar para todos os lados, forçando os outros Agentes Executores de Anomalias do Tempo a se abaixarem e cobrirem as cabeças. Dipper, Mabel e Blendin seguem Davy. Ele puxa o pino de uma granada do tempo que estava presa no peito de Dundgren, antes de empurrá-lo de volta para os seus companheiros e correr para longe com o trio.

Atrás deles se escuta um barulho de explosão e bebês vestidos como Agentes Executores de Anomalias do Tempo voam por todo o lugar.

Quando o grupo consegue escapar em segurança, Davy Tempo-Jones se ajoelha e fala com Dipper:

– Dipper, eu sabia que você não era um policial. Você tem um coração muito grande. Além disso, seu nome é muito bobo. Eles jamais permitiriam isso nas Forças Armadas.

– Que isso, não foi nada, Davy Tempo-Jones – diz Dipper, fazendo reverência.

– Não, não, eu te devo minha vida. A Chave do Tempo que você procura... Sei quem está com ela. Seu nome é Dos Hunthou, e ele está sendo mantido como escravo de um piloto espacial muito rico. Encontre esse homem e o liberte, e ele lhe dará a chave.

– Obrigada, Davy Tempo-Jones – o garoto agradece.

– Não, sou *eu* quem agradeço – diz Davy Tempo-Jones. – E agradeço a sua irmã e seu homem bebê gigante, também.

Davy Tempo-Jones coloca uma sela nas costas de um enorme dragão-de-komodo de duas cabeças e cavalga em direção ao pôr do sol, finalmente como um homem livre.

Dipper, Mabel e Blendin o observam ir embora.

– Ele era o melhor de nós... e o pior de nós – diz Blendin.

– Um patife, mas um herói – a garota completa. – Por que ele estava na prisão, no fim das contas?

– Ele incendiou *muitos* hospitais – Blendin explica.

– Hum – Mabel balbucia. – Talvez... TALVEZ a gente não devesse tê-lo ajudado a fugir.

Dipper e Blendin olham para ela e fazem um aceno afirmativo com a cabeça.

– Oh, bem – diz Mabel. – Tarde demais agora! – Ela acena com as mangas do seu suéter. – Prontos para pegar aquela Chave do Tempo?

– Há somente uma maneira de libertar Dos Hunthou – Dipper afirma. – Quem está pronto para enfrentar uma corrida espacial?

CORRIDA ESPACIAL: VÁ PARA A PÁGINA 226.

O VELHO OESTE

— **O bom e Velho Oeste! — Mabel** grita e depois lança uma cuspida no chão.

Dipper faz de conta que está atirando.

- Ok, pessoal - diz Blendin. - Parece ser um lugar tão bom quanto qualquer outro pra encontrar a chave! Mantenham-se alertas. Vamos viajar pelo tempo e espaço, logo, as coisas podem ficar meio absurdas!

Blendin usa sua fita métrica do tempo, que faz um estrondo...

VUUUUUUUUUSH!

... e eles aparecem em uma vila longínqua.

Em seguida, os prédios em volta diminuem de tamanho em rápidos movimentos, as nuvens se mesclam ao céu, cactos saem da terra e, após um flash de luz ofuscante, o trio está nas ruas sujas e turbulentas de uma cidade antiga: a União Calamidade.

– Uau! – exclama Mabel.

– Massa! – grita Dipper.

– Cuidado! – Blendin solta um berro, agarrando os gêmeos.

Uma carroça passa correndo bem no local onde eles estavam.

– Temos que ser cuidadosos! – Blendin fala, tossindo poeira, areia e uma bala enferrujada.

– Mal posso acreditar! O Velho, Selvagem Oeste! – o garoto exclama.

Mabel lança um olhar incrédulo a Dipper.

– Ééé, não sei. É velho mesmo, mas será que é *selvagem*, também?

CRASH!

Um malfeitor vestido de preto é jogado para fora de uma taberna através da janela. Ele aterrissa em um búfalo que estava pastando, que, assustado, começa a correr descontroladamente por um caminho repleto de cactos, e no fim atira o malfeitor até as portas de outra taberna. Os habitantes da vila que por ali transitavam nem se importaram, pois nem ao menos se viraram para ver o ocorrido.

Mabel abre um grande sorriso.

– Selvaaaagem, selvaaaagem – ela sussurra.

– Bem, a primeira medida que deveríamos tomar é dar um jeito de nos misturarmos às pessoas – o gêmeo orienta.

– Hoje é seu dia de sorte, pois "misturar" é meu nome do meio! – alega Blendin.

– Pensava que fosse Roberto – replica Dipper. – Enfim, não estou muito à vontade com a forma que esse pessoal olha para a gente. – Dipper faz um gesto para indicar um grupo de moradores que os estão encarando e apontando.

Dipper, Mabel e Blendin vão até uma loja ali perto, que literalmente vende de tudo, e compram roupas. O lugar é uma bagunça geral, não muito diferente da Cabana do Mistério. Há inúmeras fileiras de sacos de ração de galinha e ferramentas de garimpo de ouro, assim como alimentos que lembram as comidas de vó, como pães caseiros e bolinhos de milho fritos.

Atrás do balcão há um tipo sentado com uma folha de capim na boca. Ele se parece muito com um fazendeiro de Gravity Falls.

– Fazendeiro Sprott? – pergunta Dipper. – O que está fazendo aqui?

– Não, não sô fazendeiro, mas meu último nome é Sprott – ele diz. – As pessoas me chamam de Comerciante Sprott, sabe. E vendo essas roupas aí, cêis devem ser... bruxas! – Devagar, ele começa a tirar uma lança de trás do balcão.

– Ha-ha, hum, não. Nós... hum... somos... da cidade – Mabel tenta explicar, com um olhar sem graça.

– Da Cidade das Bruxas? – o homem questiona, com um olhar desconfiado.

– O quê? Cidade das Buchas? – Mabel pergunta.

O Comerciante Sprott começa a sacudir a cabeça em negação e abaixa a lança.

– Garotinha, não sei do que cê tá falando, suas palavras me confundem – ele diz. – O que traz cêis por aqui?

– Estamos procurando uma chave mágica, para que eu possa cobrir meu porco de ouro! – diz Mabel com um grande sorriso.

Dipper a interrompe, corrigindo-a:

– Não, esquece isso! – o irmão a corrige. – É uma chave normal. Uma boa e velha chave normal que ninguém quer.

– Mas nós a queremos! – diz Blendin, suando freneticamente. – Caramba, e como a queremos!

O Comerciante Sprott começa lentamente a pegar sua lança de novo.

– Não, não, espera! – Dipper pede, desenrolando o mapa. – A chave se parece com isto!

O Comerciante Sprott olha para o mapa e faz um movimento afirmativo com a cabeça.

– Vi um homem carregando essa chave! Ele estava vestido de forma diferente, com roupas bufantes de gente chique, dizendo "ARRR" várias veiz. Acho que ele perdeu essa chave num jogo de carta com os foras da lei que badernavam na taberna que fica ali! – Ele mostra o estabelecimento do outro lado da rua, no qual muitos caubóis com cara de vilões estão sentados em torno de uma mesa, jogando cartas.

Dipper, Mabel e Blendin se entreolham aflitos.

Uma mulher passa ao lado do comerciante e lhe diz:

– Ezekiel, fique quieto. – Ela vira para o trio. – O pirata estranho não perdeu a chave em um jogo de cartas! Ele trocou a chave com um garimpeiro astuto, nos arredores da vila. Se quiserem encontrá-la, vocês deveriam ir até a antiga mina.

– Ambos estão errados! – alega um homem de bigode vestindo shorts curtos. – Vi aquele homem sair da vila no último trem. Ele estava *com a chave*! Mas não tem como pegá-la agora, a não ser que vocês assaltem o trem!

Dipper, Mabel e Blendin escolhem suas roupas ao estilo caubói, pagam no balcão e saem da loja.

– Todas essas três pistas fazem sentido – Dipper reflete. – E aí, o que acham? Devemos enfrentar caubóis mal-encarados, ou procurar a mina antiga? O trem já saiu da cidade, então, se formos atrás dele, teremos que pegar cavalos e persegui-lo à moda antiga, como um assalto a um trem em movimento!

– Cavalos! – Mabel se anima. – Qualquer coisa com cavalos!

ENFRENTAR OS FORAS DA LEI NA TABERNA: VÁ PARA A PÁGINA 241.
REALIZAR UM GRANDE ASSALTO DE TREM: VÁ PARA A PÁGINA 39.
EMBARCAR EM UMA AVENTURA NAS MINAS: VÁ PARA A PÁGINA 259.

RECUSAR A OFERTA DE TOBY E ABANDONÁ-LO

— Desculpa, Toby — Dipper pede. – Mas ninguém quer ficar perto de você.

– É verdade! – Blendin confirma.

– Oh, mas que saco! – diz Toby.

– Não se preocupe! Tenho certeza de que em alguma linha do tempo paralela alguém está te ajudando nesse exato momento. Porém, não é a gente! E tenho *certeza de que* fizemos a escolha certa dessa vez! – Mabel assegura.

Eles caminham por aproximadamente uma hora por caminhos escuros e sinuosos.

– P-para que lado estamos indo? – pergunta Blendin.

– É, a gente não passou por esse esqueleto antes? – diz Mabel. – E quantas vezes fomos por esse corredor?

– Ei... pessoal? – fala Dipper, limpando a testa. – O rei não havia dito que essa masmorra é um labirinto infinito e que provavelmente iríamos acabar ficando completamente malucos aqui?

– Isso é ridículo! – diz Mabel. – Eu me sinto mais sã do que nunca! Você não concorda, pato gigante flutuante de cores do arco-íris?

– EU CONCORDO! – grasna o pato caleidoscópico. – E DIGO QUE TODOS NÓS DEVEMOS DANÇAR!

– SIM! – grita Blendin, rasgando a camiseta freneticamente. – VAMOS DANÇAR!

O trio começa a dançar ao som de música e luzes imaginárias de discoteca.

Eles ficaram completamente malucos.

Eles podem até estar se divertindo, mas, para nossos aventureiros, parece que é o...

FIM.

FAZER O MAQUINISTA DE REFÉM

— **Já aguentei isso por tempo suficiente!** — Mabel grita. Ela pega o maquinista pelo colarinho do casaco. – Nós somos criminosos, e estamos assumindo o controle deste trem! – Ela empurra o maquinista, que fica de joelhos, e então sussurra na orelha do homem: – Não precisa ficar com medo, estamos brincando. Mas se você tentar correr, te arremessamos pra *fora*, vovô!

O maquinista puxa o cordão do sino, sinalizando para que as engrenagens parem.

O trem começa a derrapar, parando. Os passageiros ficam nervosos.

– Mabel? Você perdeu a cabeça? – grita Dipper.

– O instinto tomou conta. Não podemos voltar atrás agora. Aqui, me ajude – sussurra Mabel, mexendo no bolso e lhe arremessando a arma laser de Blendin.

Dipper pega a arma e aponta para os passageiros.

– Para... para trás! – ele gagueja. – Tenho uma estranha arma laser do futuro que dispara MUITO errado!

Os passageiros se agacham e dão gritos agudos.

– Sério, como eu uso isso? – indaga Dipper.

Mabel leva o maquinista até o vagão restrito.

– Muito bem, velho, abra essa porta se você não quiser confusão! – Ela abaixa o tom de voz, sussurra e sorri. – Você está fazendo um ótimo trabalho.

O maquinista começa a destrancar o cofre.

No vagão dos passageiros, irrompe uma explosão.

Mabel volta correndo para ver o que está acontecendo.

Dipper acidentalmente atirou com a arma laser e o raio ricocheteou pelo trem. Os passageiros gritam, desesperados, e desviam, protegendo seus rostos.

O chapéu e o poncho de Dipper se queimam, assim como o chapéu e o vestido de Mabel.

– Tira isso de mim! – ela grita, abanando o vestido flamejante.

O laser ultrapassa o compartimento de cargas e desintegra as chaves que estão na mão do maquinista.

– PARADOS! SAIAM COM AS MÃOS PARA CIMA! – alguém grita.

Dipper e Mabel se aproximam da janela. O trem está rodeado de policiais.

– O que vamos fazer, o que vamos fazer? – pergunta Mabel.

– Se vocês se renderem, não vamos machucar ninguém! – diz o xerife. – Só iremos prendê-los na cadeia para sempre! E *possivelmente* machucá-los!

Dipper e Mabel olham um ao outro.

– Mabel, esse é o fim da linha? – pergunta Dipper.

– Não sei! – diz Mabel. – Devemos nos render ou tentar fugir disso tudo?

RENDER-SE: VÁ PARA A PÁGINA 210.
FUGIR: VÁ PARA A PÁGINA 231.

SEGUIR TOBY PELA MASMORRA

— Ugh! Tudo bem, Mabel – diz Dipper. – Mas se o Toby me pedir para cheirar as túnicas de masmorra dele mais uma vez, vamos abandoná-lo.

– Oba! – a irmã se anima. – Toby, você vem conosco. Nos mostre o caminho!

– Iuupii! – Toby também se anima. – Vocês não vão se arrepender, pessoal. Sou um profissional quando se trata desses túneis. – Com um sorriso, Toby os leva por um corredor, na direção de uma luz cintilante que está vindo de uma entrada. – Acho que o mago deve estar por aqui! – ele exclama. – Eu sempre escuto muitas maldições vindo desse corredor. Maldições mágicas e xingamentos!

O trio murmura, concordando e sorrindo.

– Vocês três vão na frente sem mim! Vou aproveitar para perambular por essas cavernas e encontrar mais peixes deliciosos, ha-cha-cha!

O grupo se despede de Toby e corre pelo corredor sinuoso. Eles chegam a uma câmara de três andares, repleta de prateleiras de livros. No meio, há uma mesa enorme.

No canto, há uma escrivaninha repleta de invenções e escritos. Em outro, há um caldeirão fervendo, com uma névoa borbulhante que espuma para fora da borda.

– Seria esse o covil do mago? – pergunta Mabel,

Blendin pega um rolo de pergaminho.

Nele está escrito:

SOBRE FEITIÇOS.
O GUIA ENFEITIÇADOR DE
FEITIÇOS ENFEITIÇANTES ENFEITIÇADORES.
POR MAGO, O MAGO.

– Sei não – diz Blendin. – Ainda não tenho certeza.

– Nós conseguimos! – diz Dipper. – Mas onde está o mago?

– *MagOnde*? – adiciona Mabel.

– Bem, ele esteve aqui recentemente – Dipper observa, fazendo um gesto para um pedaço de presunto parcialmente comido. – Tão recentemente, eu diria, que é quase suspeito ele não estar aqui agora.

Mabel para de escutar por uns instantes quando nota um cálice enorme dourado, transbordando com uma bebida efervescente, que parece ser deliciosa. Em uma placa está escrito: COLA ACOLÁ PITT. POR FAVOR, EXPERIMENTE. Mabel alcança o cálice.

– Hum, Mabel, você não acha nem um pouco suspeito? – pergunta Dipper. – Sabe, como se alguém tivesse deixado aí de propósito? Como uma armadilha?

– Por favor, Dipper. Ele claramente deixou refrigerante aqui para saciar a sede de estranhos que acidentalmente chegassem à casa dele. Isso se chama hospitalidade! – Ela tenta pegar o cálice, mas ele não sai do lugar. Está afixado por uma alavanca que fecha as portas. De repente, a efervescente Pitt Cola começa a jorrar de aberturas ornamentais nas paredes. O ambiente começa a se alagar rapidamente.

– AH, o que faremos, o que faremos? – grita Blendin.

– É gaseificado! E as bolhas queimam meu nariz! – grita Dipper.

– É, acho que podemos dizer que essa é uma situação cheia de *gás* – adiciona Mabel.

– Pare com os trocadilhos, Mabel! – grita Dipper. – Trocadilhos literalmente nunca ajudaram ninguém!

De repente, um grito malévolo ecoa pelo lugar e, em uma nuvem de fumaça, um mago aparece acima deles, levitando próximo ao teto.

– Bem-vindos à minha oficina, mortais tolos! Minha oficina de morte irônica! – Ele solta uma risada malvada novamente.

– Por que está fazendo isso? – grita Mabel.

– Porque ninguém pode me levar de volta para aquele rei esnobe! – Ele ri. – A não ser que, é claro, vocês desvendem minha charada, então serei obrigado, pelo código dos magos, a libertá-los!

– Ok, então. Vamos lá! – diz Mabel.

– Ok, ok, ok, mas a charada é diabolicamente inteligente! – o mago alerta, rindo com um tom agudo.

– SÓ CONTA! – berra Mabel. – Meu cabelo está ficando cada vez mais grudento e nojento!

– Ok – o mago ri sarcasticamente. – Por que o mago, na convenção de magos, não saiu do seu quarto, no hotel dos magos?

– Eu sei essa! – diz Mabel. – Ele ficou em seu quarto MAGOado – ela sussurra para Dipper.

– Sei não, Mabel, você tem certeza? Acho que a resposta pode ser “ele estava com dor no estôMAGO”. O que acha, Blendin? Ele estava *magoado* ou ele estava com dor no *estômago*?

– Ahhh, ahhh, caramba – diz Blendin. – Ambas são estúpidas o suficiente para estarem certas!

– Tique-taque! – diz o mago.

A oficina está praticamente cheia de refrigerante efervescente.

– Blendin, você tem que responder! – a garota exclama.

FICOU MAGOADO:
VÁ PARA A PÁGINA 127.
ESTAVA COM DOR NO ESTÔMAGO:
VÁ PARA A PÁGINA 79.

VIAJAR ATÉ O TESOURO

Os gêmeos sentem a sensação elétrica usual enquanto se dissolvem na corrente temporal. Contudo, um pouco antes da fita métrica do tempo retrair-se por completo, Blendin a segura entre os dedos. De repente, o grupo todo para no meio de um túnel azul de energia e luz. Relógios e calendários flutuam por eles. Mabel olha na parede e vê diferentes eventos históricos acontecendo, como se fossem rolos de filmes. Cenas do verão passado são exibidas na frente deles. Dipper tenta esconder o rolo de filme dele fazendo a Dança do Carneirinho.

– Estamos no meio das correntes do tempo! – constata Blendin, olhando em volta. – Espero estar no lugar certo... A-há! – ele diz, apontando por cima dos ombros dos gêmeos.

Bem ali, no meio da Parede do Tempo, há uma porta arredondada com uma caveira e ossos cruzados pintados e uma fechadura antiga no meio. Blendin pega a Chave do Tempo, enfia dentro da fechadura e a vira.

Dipper e Mabel seguram o fôlego.

CLICK!

A porta se abre.

Do outro lado, em comparação ao brusco contraste do local repleto de correria temporal em que eles estão, há uma serena ilha tropical. Eles passam pela porta e caem na areia.

– Oh, não, *por quê*? – diz Mabel, enquanto puxa um siri gigante do cabelo.

Eles se viram e olham para trás e para o alto. A entrada mágica está flutuando dois metros acima da areia.

– Bem-vindos à Ilha do Tempo! – diz Blendin. – Eu só tenho que marcar a localização para não perdê-la. – Ele pressiona um botão no localizador em seu pulso, que faz um *bip*. – Pronto. Agora, em algum lugar por aqui, tem um hiper-x, sob o qual está localizado o lendário Tesouro dos Piratas!

– Oooh – diz Mabel. – Um hiper-x se parece com o quê?

– Seria isso aqui? – pergunta Dipper, apontando para um x brilhante, constantemente em metamorfose, como se existisse em mais de uma dimensão.

– É isso! – grita Blendin com um sorriso, enquanto agarra uma pá e salta na direção do x.

– Esse é o fim de todos os nossos problemas! Teremos qualquer coisa que desejarmos! – ele grita.

– Suéteres infinitos! – exclama Mabel.

– Meu próprio laboratório! E implantes de barba! – diz Dipper.

Blendin levanta a areia com a pá.

Um barulho irrompe no ar. Parece... um tique-taque. Primeiro é suave, depois começa a ficar alto. Em seguida, um gongo como um relógio antigo soa e, então, de repente...

BUM!

A praia inteira se ilumina com uma explosão de verde neon atrás deles.

Uma voz rouca entoa:

– SEU TEMPO ACABOU, CAMARADA!

Eles se viram e veem algo saindo do enorme portal verde do tempo: um galeão espanhol gigantesco, repleto dos mais diversos e malvados Piratas do Tempo, está pairando no ar. Todos possuem diferentes relógios e equipamentos do tipo presos em suas barbas. Um deles está montado em um Tiranossauro Rex.

– *Piratas do Tempo*? – grita Mabel.

– SOMOS NÓS! – anuncia o capitão. – Contemplem minha tripulação de vilões! Esses são o Prata Duradouro, Sam Escorbuto Cronômetro, Tony Tique-Taque, Engrenagem Verde, Calico das Horas, Calico dos Minutos, Calico dos Segundos e o Ben Grandão!

– Iarrrrrrr – grunhem os piratas, levantando seus sabres em formato de relógio e saltando do navio para a areia, enquanto o capitão observa do navio.

Ben Grandão sorri e emite um som de relógio.

– E eu sou aquele que chamam de Barba Temporal – diz o capitão, fazendo um gesto para os inúmeros relógios emaranhados em sua barba. – Mas você já sabe disso, não é mesmo, Blendin Blandin? – Ele pula na areia.

– Espera, eles conhecem você? O que está acontecendo aqui? – pergunta Mabel.

Blendin enrubesce e se aproxima da tripulação. Levantando as mangas, ele revela uma tatuagem da insígnia dos Piratas do Tempo.

Dipper e Mabel se espantam.

– C-C-Capitão Barba Temporal! – Blendin o cumprimenta. – Fiz o que você pediu. Procurei no tempo e no espaço o tesouro enterrado pelo seu capitão anterior, o Avô George Relógio. E irei entregar-lhe, como havíamos combinado!

– O *quê?* – os gêmeos gritam em uníssono.

– Você estava trabalhando para os Piratas do Tempo esse tempo todo? – berra Dipper.

– E a nossa parte do tesouro? – pergunta Mabel.

– HAR, HAR, HAR! – esbraveja o Barba Temporal. Um cuco sai de um relógio de madeira embaixo de sua boca. – Deixe-me contar algo para você, donzela. – Ele empurra o cuco de volta e se inclina na direção de Mabel. – Seu "amigo" aqui é o pior viajante do tempo, o mais idiota e patético da história. Naturalmente ele pensou que conseguiria um pouco de respeito se ele se juntasse aos Piratas do Tempo. Então, dissemos que a única forma de provar seu valor seria encontrando o nosso tesouro perdido. E vocês, tolos, o ajudaram a levar o tesouro até nós!

– Espera aí – Dipper se vira para Blendin. – Então você estava usando a gente esse tempo todo?

– M-me desculpe! – gagueja Blendin, que olha para Dipper e Mabel. – Eu só estou tão cansado de a minha mãe me chamar de perdedor. Todo mundo sabe que os Piratas do Tempo são legais. Mas o processo de seleção deles é muito injusto, difícil e não leva em conta pessoas que têm um corpo como o meu! Tive que tomar uma atitude desesperada!

– Tipo mentir para a gente? – pergunta Mabel.

– Olha, realmente sinto muito – Blendin se desculpa. – Quando comecei a mentir, ficou difícil de parar. Embora eu realmente tenha me divertido muito com vocês. Vou garantir que os Piratas do Tempo nunca roubem nada de vocês, de verdade!

– Ho, ho, ho, crianças, vocês foram passadas para trás por esse lunático! – diz Barba Temporal. – Mas quem ri por último ri melhor, porque nós jamais, nunca, nem mesmo em nenhuma linha do tempo, tínhamos a intenção de deixar Blendin Blandin se juntar à nossa tripulação!

– O *quê*? – berra Blendin. – Mas tive todo esse trabalho! E a tatuagem doeu pra caramba!

– Você precisou de ajuda de crianças para encontrar o tesouro! Você é uma vergonha para o Código de Tempo de Conduta Temporal dos Piratas do Tempo! Bom, estamos levando o tesouro, muito obrigado – diz Barba Temporal.

– Como você se sente ao ser apunhalado pelas costas? – pergunta Dipper, cruzando os braços.

Blendin segura a cabeça entre as mãos.

– Ohhh, nossa! Eu realmente estraguei tudo!

Barba Temporal solta uma risada.

– Agora, imagino que vocês, crianças, tiveram um dia muito divertido, com aventuras e piratas, mas recomendo que voltem para casa e deixem esse marujo do tempo conosco, para que possamos fazê-lo caminhar na prancha do tempo.

– Tudo bem – afirma Dipper.

– Dipper, espera! – diz Mabel. – Eu sei que Blendin nos traiu, mas ele ainda é nosso amigo! Mais ou menos. Pense em tudo que passamos juntos!

– Mabel, esses Piratas do Tempo são bem assustadores e estão nos dando uma chance de salvarmos nossas próprias vidas. Acho que isso é um ótimo negócio.

– Pfff, assustador! Isso nunca parou a gente antes! – a irmã fala. – Durante o dia inteiro aceitamos desafios e lutamos contra inimigos que pensávamos ser impossíveis, e olha só como chegamos longe. O que são uns piratas para dois aventureiros como nós? Temos apenas de fazer a escolha certa!

Dipper pensa sobre o assunto:

– Sei não. Se bem que andar na prancha do tempo parece algo bem horrível.

Blendin lança um olhar de súplica para os gêmeos:

– Eu nunca quis que vocês se envolvessem nisso! – ele diz. – Por favor, sei que não mereço uma segunda chance, mas vocês são os únicos amigos que já tive! Já fizeram tantas escolhas certas para nos trazer até aqui. Façam somente mais uma!

ENFRENTAR OS PIRATAS DO TEMPO:
VÁ PARA A PÁGINA 96.
DEIXAR BLENDIN PARA TRÁS:
VÁ PARA A PÁGINA 266.

SUBIR SORRATEIRAMENTE A BORDO DO TREM DISFARÇADOS

Dipper pisa na linha ao lado de Blendin e fala:

– Sei que não é tão emocionante, mas acho que devemos nos disfarçar, entrar de fininho no trem e fazer a escolha segura.

– UUUUUUUUUU! – diz Mabel. – "Ih, fora", eu digo!

– Uma hora você vai parar de me vaiar – o irmão afirma.

Mabel abre um sorriso maldoso.

– Será?

Quinze minutos depois, enquanto saem da loja Fantasias para os Tempos Atuais da Vovó Huggins, Mabel ainda está vaiando. Quando terminam, todos vestem trajes perfeitamente apropriados para o período em que se encontram, a fim de se misturar às pessoas no trem.

– Amo esse chapéu adorável! – Mabel fala, rodopiando em seus trajes de camponesa enquanto encara seu reflexo na vitrine de uma loja.

Dipper está usando um chapéu de caubói Stetson e um poncho que fica se enroscando nos cactos.

Blendin conseguiu se espremer em um vestido com espartilhos e saiote.

Na estação de trem, Dipper pega bilhetes de trem do bolso de um casaco abandonado por um senhor.

Blendin entrega a Mabel uma arma laser, sussurrando:

– Caso as coisas se compliquem.

Eles embarcam no trem e vão para os seus respectivos assentos.

Blendin fica impaciente.

– Assim que este trem sair da estação, precisamos encontrar o Pirata do Tempo que está com a Chave do Tempo – Blendin reflete. – Este corpete está começando a esmagar todos os meus órgãos.

Um senhor muito rico se aproxima de Blendin:

– Diga-me, madame, está quente aqui mesmo ou é apenas a sua beleza irresistível?

Blendin solta uma risadinha. O homem se senta e continua a conversar com ele.

Soa o apito e o trem começa a se sair da estação.

Mabel sussurra para Blendin:

– Você está p-r-o-n-t-o para procurar pela c-h-a-v-e?

– Vão na frente sem mim. Quero ver onde isso vai dar – diz Blendin, fazendo um gesto para o rico pretendente. Ele começa a abanar seu leque, e o homem solicita dois drinques de salsaparrilhas.

– Blendin é um chato mesmo, ele sempre dá mais atenção aos seus pretendentes ricos – resmunga Mabel. – Não que eu esteja com ciúmes ou algo assim.

Dipper e ela começam a andar de vagão em vagão, rumo ao fim do trem.

Enfim chegam a uma placa entre dois vagões: ACESSO RESTRITO NESTE LOCAL. POR FAVOR, NÃO ENTRE.

– Bom, isso parece promissor! – diz Mabel. – Deve ter algo bom ali atrás, senão não tentariam manter as pessoas longe. Talvez seja o local onde o Pirata do Tempo está escondendo a Chave do Tempo! – Ela começa a empurrar a porta a fim de abri-la.

Uma mão encosta em seu ombro e gira a garota.

– Quem são vocês? – pergunta um maquinista grandalhão.

Mabel trava.

– Ahm. Ah... Ahmmm...

Dipper também trava.

– Uhm...

O que eles devem fazer, leitor?

CONTINUAR TRAVADOS:
VÁ PARA A PÁGINA 51.
FAZER O MAQUINISTA DE REFÉM:
VÁ PARA A PÁGINA 140.

SURPREENDER O DRAGÃO POR TRÁS

— **Bem, acho que deveríamos ir de fininho** por trás do dragão – Blendin sugere, encolhendo os ombros. – Se tem algo que aprendi morando com a minha mãe é que sempre dá para entrar de fininho em casa pela porta dos fundos e evitar que gritem com você!

– Esses penhascos não podem ser tão assustadores quanto sua vida bizarra em casa! – diz Mabel, radiante. – Vamos!

Sentindo o vento arrebatador nos cabelos, o grupo começa a escalar o estreito e sinuoso caminho do precipício, pressionando as costas contra o granito gelado. Eles notam que o caminho passa a ficar cada vez mais estreito, até que tenha a largura de apenas alguns centímetros. Blendin comete o erro de olhar para baixo e emite um grito agudo quando vê que está a centenas de metros do chão.

– Olha só, não é tão ruim assim – diz Mabel, enquanto crava as unhas na parede de pedra. – Nós só temos que fazer desta experiência um jogo divertido! Vamos jogar "Eu vi"!

– Talvez devêssemos focar na subida – o irmão orienta.

– Vi um negócio de madeira e parecido com uma flauta caindo muito rápido perto de mim – conta Mabel.

– É a flauta do dragão? – pergunta Dipper.

– Te garanto que é! – Mabel responde, abrindo um largo sorriso.

Dipper e Blendin suspiram.

– Ótimo – conclui Dipper. – Agora estamos desprotegidos contra o dragão!

– Temos as três espadas! – exclama Mabel, empunhando sua espada no ar, que escorrega de sua mão e cai. – Duas espadas! Eu vi com meu olhinho algo pontudo se movendo rapidinho...

Dipper e Blendin suspiram novamente.

Depois de uma hora, o grupo conseguiu, com sucesso, contornar o desfiladeiro e chegar do outro lado. Eles entram na caverna. As paredes dos corredores empoeirados estão cobertas de runas antigas, esqueletos humanos e armaduras.

– Caramba, estou ficando mesmo assustado com esses esqueletos, pessoal – Blendin confessa. – Tenho medo de esqueletos desde quando fiz um raio-x e percebi que tenho um se escondendo dentro de mim o tempo todo.

– Shhhh – interrompe Dipper, fazendo uma concha com a mão e colocando-a junto à orelha. – O que é isso?

Um som ecoa pela caverna.

– Parece um som de... choro? – ele diz.

Eles dão a volta em um canto e param em um precipício da vasta caverna, de onde podem observar um grande espaço que tem uma pilha imensa de ouro no meio. Repousando no topo, todo espalhado e tão grande quanto um ônibus escolar, há um dragão vermelho, que parece estar soluçando. Ele assoa o nariz na túnica esfarrapada de um esqueleto de cavaleiro.

Dipper, Mabel e Blendin trocam olhares.

De repente, o dragão vira e os encara:

– O QUE FOI? QUEM SE ATREVE A INTERROMPER MEU MOMENTO PARTICULAR DE CHORO?! – ele berra, com um sotaque escocês estrondoso. – VOCÊS DEVERIAM SAIR! – Ele sopra uma bola de fogo como aviso.

Dipper desembainha sua espada.

– É isso aí, pessoal! Preparem-se! – ele grita. – Vamos matá-lo pelo tesouro e então dissecá-lo pela ciência!

– Será que a gente podia não o dissecar? – Blendin dá um grito agudo. – E se ele tiver um esqueleto?

– Espera um pouco, gente – Mabel pede. – Esse cara está claramente passando por um troço emocional. Talvez ele só precise conversar um pouco sobre isso. Eu sou uma ótima negociadora! Lembra da vez que eu convenci o Tivô Stan a usar rímel durante um dia inteiro?

– Não sei! – Dipper pondera. – Dragões são famosos por serem pouco cooperativos!

– Se ele for como a minha mãe, apenas irá jogar balas na gente! – Blendin fala com um tom de voz agudo. – Balas de *canela*!

– O que devemos fazer? – pergunta Dipper.

CONVERSAR COM O DRAGÃO:
VÁ PARA A PÁGINA 107.
BATALHAR COM O DRAGÃO:
VÁ PARA A PÁGINA 201.

TENTAR PULAR POR CIMA DO ABISMO

— Se você não jogar o cabo para mim, vou pular por cima do abismo sem nada! – grita Dipper.

– O *quê?* Isso é loucura, Dipper! Não faça isso! – berra Mabel.

Dipper cerra os punhos. Ele pega impulso, recuando, e então começa a correr e salta por cima do abismo... caindo vários metros longe da borda e despencando nas profundezas da Infinitenciária.

– AAAAAH! – grita Dipper, enquanto sua voz diminui a cada segundo.

Ele cai e cai e parece que é uma eternidade. Por fim, o garoto vê uma placa de manutenção flutuando no ar próximo a ele.

Está escrito:

O TÚNEL TEMPORAL ESTÁ SOB CONSTRUÇÃO. VOCÊ PODE EXPERIMENTAR UMA ESPERA DE ATÉ UMA INFINIDADE PARA CHEGAR AO OUTRO LADO.

De repente, Dipper nota alguém flutuando perto dele.

– Chamillacles! – o garoto fala. – Pelo menos terei alguém para conversar aqui em baixo!

– Gleeee *glor gleem glop glop!* – diz Chamillacles.

– Ah, ok – Dipper responde.

Chamillacles começa a trocar de pele.

Dipper sente calafrios.

FIM.

A ARMA CURTA E GROSSA

Dipper escolhe a arma curta e grossa.

– Eu tenho um bom pressentimento quanto a essa arma de raios mortífera – ele diz, girando-a nos dedos.

O sol está bem alto no céu.

O vento seco sopra sobre a rua coberta de poeira.

Dipper e Joe Olhos Selvagens começam a andar.

– Um... dois... três... – conta Joe Olhos Selvagens.

Dipper tira o suor da testa.

– Onze... doze... treze... – continua Joe Olhos Selvagens, cuja espora ressoa a cada passo.

Dipper respira fundo.

– Catorze... catorze... O que vem depois do catorze? Ah, deixa quieto. Coma chumbo! – grita Joe Olhos Selvagens. Ele saca sua arma e atira antes.

Dipper se abaixa, imaginando se já está morto ou não, mas então percebe que Joe Olhos Selvagens errou. Uma nuvem de fumaça sai de um buraco feito no seu chapéu de caubói.

– O *quê?* – berra Joe Olhos Selvagens. – Eu nunca erro! Droga, você é baixinho demais para eu ter uma boa mira à distância. Qual é a sua distância, exatamente?

Dipper manuseia desajeitadamente sua arma laser. Ele puxa o gatilho e...

Uoooooooosh!

Uma enorme bola de luz azul brilhante surge da ponta da arma... e vai direto para a terra.

Os moradores da vila se jogam no chão para se protegerem. Outros correm para longe da cratera brilhante no chão. O Comerciante Sprott sai correndo de sua loja, horrorizado, gritando:

– Caramba! Ele é um destruidor de mundos! O forjador do caos! Corram para as colinas! Corram!

Joe Olhos Selvagens fica boquiaberto, seus olhos tão selvagens quanto seu próprio nome sugere. Sua arma se desintegra na mão. Seus lábios tremem. Ele olha para Dipper e para seus amigos, todos chamuscados. Ele se vira e foge com seus amigos bandidos tal qual um covarde.

– Espere! Não vá! – Dipper grita para Joe Olhos Selvagens, enquanto entrega a arma para Blendin. O garoto tropeça e despenca na cratera.

– Ele fugiu de medo, Dipper! – diz Mabel. – Você ganhou!

– Sim, mas ele tem a Chave do Tempo que nós precisamos! – Dipper explica, se levantando e espanando a poeira da roupa.

– Ah, é mesmo – diz Mabel. – A Chave do Tempo. Esqueci totalmente disso. O que vamos fazer agora?

O Comerciante Sprott se aproxima dele:

– Bom, acho que é hora de confessar – ele diz. – Eu sabia que aquele condenado ali não tinha a chave, justamente porque eu estava com ela o tempo todo! Eu só tinha esperança de que podia convencer ocêis a mandar ele embora, para que ele parasse de importunar meus clientes e de cuspir nos bornal dos cavalo. E, bom, como vocês se livraram dele, aqui está.

O Comerciante Sprott presenteia Dipper, Mabel e Blendin com a Chave do Tempo, que brilha como ouro à luz do sol.

Mabel dá uma mordida nela:

– Sim, é a Chave do Tempo mesmo! – a menina fala, radiante. – Agora podemos pegar o Tesouro dos Piratas do Tempo!

– Isso é incrível – diz Dipper. – Eu quero dizer, não me sinto totalmente à vontade com o fato de ter sido usado, mas obrigado!

– Num foi nada. E por causa dessa boa ação que fizeram, vou esquecer que vi vocês praticando bruxaria – ele diz com um sorriso. – Mas não forcem a barra, hein. – Seu sorriso se dissipa. – Não se atrevam. Não. Forcem. A. Barra.

– Isso é perfeito, pessoal – diz Dipper. – Vocês estão prontos para terminar nossa aventura e pegar o tesouro?

– E como estou! – Blendin se anima. – Vamos nos livrar dessas roupas bregas. Estou pronto para trocar esse chapéu de caubói por uma coroa – ele fala, tirando o chapéu e o colete.

– E estou pronta para ofuscar a visão de vocês com diamantes! – diz Mabel, tirando seu chapéu e o colete também.

Dipper encolhe os ombros:

– Bom, acho que não quero ser o único vestido de caubói. – E também tira suas vestimentas do Velho Oeste, assim como os outros.

– Oooh, estou tão empolgado! – diz Blendin. – Meus joelhos só tremem tanto assim quando penso na possibilidade de ficar muito rico muito em breve! – Ele mostra os joelhos inquietos.

Mabel cutuca um dos joelhos. Ele para. Ela para de cutucar e o joelho começa a tremer novamente. Ela faz isso várias vezes antes de Blendin tirar a mão dela.

Blendin saca a fita métrica do tempo de seu macacão e segura a Chave do Tempo com a outra mão.

Dipper e Mabel seguram a fita métrica juntos.

– O lugar ao qual iremos é muito especial – diz Blendin. – Não é nem o tempo nem o espaço, mas um local *entre* o tempo e o espaço. Nossas vidas fluem pelo rio do tempo. E cada escolha que fazemos é como viajar por uma bifurcação nova e única desse rio. Se vocês pudessem ver a quarta dimensão, veriam a totalidade da história humana espalhada como o delta de um rio. Vidas infinitas e universos paralelos coexistindo. E, agora, vamos dar um passo para fora do rio... Para uma ilha secreta localizada entre as correntes do tempo!

– Oooh! – Dipper e Mabel soltam em uníssono.

– Memorizei essa citação de um filme – conta Blendin, com um sorriso radiante. – Ele se chamava *A Origem Interestelar*, tinha quarenta e oito horas de duração e era totalmente incompreensível. É muito popular na prisão do tempo.

Blendin puxa um comprimento de medida da fita métrica do tempo e solta.

VIAJAR ATÉ O TESOURO:
VÁ PARA A PÁGINA 147.

CAVALGAR COMO FORAS DA LEI

Dipper pisa no lado da linha de Mabel.

– Foi mal, cara, é que isso parece ser muito mais divertido – ele diz a Blendin.

– Irrrrrraaaaa! Vamos cavalgar, caubói! *Bang-bang-bang-bang*! – diz Mabel.

– Acho que não consigo argumentar contra isso – Blendin solta, chutando a poeira.

– Bem-vindos à Loca Locomotiva, parceiros! – grita o comerciante assim que os três entram pelas portas duplas da loja de artigos para assaltos. – Sua única loja de suprimentos para roubos e parafernálias do gênero!

Eles olham em volta. As prateleiras estão cheias de armas, bandanas e tinta branca para cobrir pôsteres de *Procura-se*. Um escorpião entra em um barril com o rótulo BIGODES FALSOS e sai de lá usando um.

– Queremos três cavalos fortes e rápidos com crinas bonitas! – grita Mabel.

O comerciante olha para ela.

– Cêis têm dinheiro ou preferem usar nosso plano de pagamento dondé pagam a gente com seus assaltos futuros?

– Espera, vocês deixam as pessoas comprarem suprimentos para cometerem roubos e pagarem só depois que o trabalho for feito? – pergunta Dipper. – Alguém volta para pagar?

– Na verdade, não – diz o comerciante. – Suponho que este seja um modelo de negócios com falhas, mas não estou aqui para fazer lucros. Estou aqui para servir à comunidade!

Blendin e Mabel dão um aceno de aprovação.

O comerciante conduz Dipper, Mabel e Blendin para um estábulo onde três cavalos aguardam. Mabel dá um grande sorriso. Blendin limpa o suor da testa.

PIUÍÍÍÍÍ!

O assobio animador de um apito de trem soa no ar; um pouco depois, Dipper Mabel e Blendin cavalgam pelas amplas planícies em direção à locomotiva a todo vapor.

– EIA, EIA, vamos, Corcel-Biscoito-Negro-Lindo! – grita Mabel para o seu cavalo. Ela tira o chapéu e o balança, deixando o vento passar pelos cabelos.

– Sua irmã realmente está levando isso a sério com uma intensidade assustadora – Blendin afirma a Dipper.

– É, às vezes ela se deixa levar pelas coisas – o gêmeo responde, dando de ombros. – Uma vez, na terceira série, alguém roubou o lápis dela, então Mabel começou uma imitação de investigação policial para encontrá-lo. Ela chamava de "Policial Ruim, Policial Pior Ainda" e não parou até ser suspensa por interrogar as pessoas.

– Vamos apenas entrar e sair – diz Blendin. – Estamos nos intrometendo no território dos Irmãos Calamidade e confie em mim: não queremos dar de cara com eles!

Dipper, Mabel e Blendin se aproximam e cavalgam ao lado do trem.

O maquinista os vê.

– Meu nome é Mabel Maluca Picante Pines. Você poderia por gentileza parar este trem aqui... ou *então*! – berra Mabel.

– Então o quê? – grita o maquinista de volta.

– Ou então irei pedir novamente, mas dessa vez não irei dizer *por gentileza* – a garota ameaça, semicerrando os olhos.

O maquinista solta um grito agudo e puxa algumas alavancas. O trem começa a ganhar mais velocidade.

– Oh, não, pessoal! Eles estão acelerando! – grita Blendin. – Se formos pular nesse negócio, melhor fazer isso agora!

Dipper tenta agarrar o vagão, mas mal consegue segurar.

– É muito rápido! Não tem outra opção? – ele pergunta.

Blendin aponta para um buraco nos penhascos de rocha vermelha à frente:

– Ele está acelerando para chegar ao túnel, pois sabe que não vamos conseguir segui-lo se entrar lá! – ele diz. – Se pegarmos uma das minhas pistolas laser e atirarmos nas rochas acima para bloquear a entrada, eles então terão que parar!

– Bom, essa é obviamente a escolha certa! – berra Dipper por cima do estrondo do trem.

– Na verdade, não! Se errarmos, perderemos nossa chance de embarcar, e até que esse negócio recarregue novamente, eles estarão muito longe. Acho que o que precisamos saber é... você é mesmo bom de mira? Especialmente enquanto cavalga? – indaga Blendin.

Dipper reflete:

– Isso é difícil! Deveríamos arriscar nossas vidas e pular a bordo de um trem em alta velocidade? Ou deveríamos arriscar perder o trem para sempre ao escolher atirar?

– Se decida logo, Dipper! – berra Mabel.

EMBARCAR EM ALTA VELOCIDADE:
VÁ PARA A PÁGINA 69.
BLOQUEAR O CAMINHO:
VÁ PARA A PÁGINA 273.

JOGAR XADREZ COM ELE

Dipper respira fundo:

– Eu escolho... xadrez!

– Bocejo! – Mabel se queixa.

– Vamos lá, Mabel – Dipper sussurra. – Esse cara é um cabeça de bagre que só sabe lutar com espadas. Provavelmente nunca viu um tabuleiro de xadrez na vida! Vou derrotá-lo e vamos conseguir a chave!

O rei chama Sir Swollsley para o saguão real de jogos.

Dipper estala os dedos e se senta do outro lado da mesa.

– Vou pegar leve com você, amiguinho – Dipper diz. – Vou deixar que comece com as peças brancas. Lembre-se: os peões podem mover dois espaços quando iniciam, os cavalos se movem em L, e...

– Ah, estou muito ciente disso – responde Sir Swollsley, enquanto tira seu capacete, revelando um rosto adornado com inúmeras tatuagens relacionadas ao jogo de xadrez. – Eu era o melhor jogador de xadrez da minha república! – Ele remove a armadura do peitoral. Uma tatuagem enorme, como um mural, com peças de xadrez aladas, que descem de nuvens de tempestades e destroem seus inimigos, está estampada em seu peito. – AGORA. NÓS. JOGAMOS! – ele vocifera.

Dipper engole em seco e move um peão.

Com quatro movimentos, Sir Swollsley dá um xeque-mate e levanta os punhos em triunfo.

– Xeque-Mate! UHUULL! – grita Sir Swollsley, apontando o dedo no rosto de Dipper. – SIM! A bela donzela é minha. Toma essa! Na sua cara! Na sua cara idiota, infantil e fraca!

O rei cruza os braços na frente do peito.

Dipper morde o lábio.

– Então... hum... ok, isso não aconteceu da forma como eu previa. E se, hum, tentássemos outro daqueles desafios? – ele pergunta.

O rei apenas balança a cabeça negativamente e aponta para Dipper.

Os cavaleiros arrastam Dipper, Mabel e Blendin para as masmorras.

– Não! Você não pode fazer isso com a gente! – grita Dipper.

– É – diz Mabel. – Quem é que vai cuidar do Waddles?

– Bem, de volta à prisão! – diz Blendin. – Honestamente, eu estava até sentindo falta daquele lugar. Isso é estranho?

Para os nossos heróis, parece que é o...

FIM.

TENTAR FUGIR

— **Bom, Mabel... só resta uma escolha** — diz Dipper. Ele aponta para a pistola laser. – Corra! Eu cubro vocês!

Os policiais veem a arma laser e correm para se proteger.

– Mas que raios? – um grita.

– Ele tem um tipo de canhão de bolso! – grita outro.

– Q-quem são vocês? – pergunta o xerife.

– Deixem os nomes para os jornais! – grita Mabel. – Iiiiirráá! – Ela e Dipper fogem em seus cavalos.

Blendin corre atrás dos gêmeos e tropeça. Os policiais o pegam.

Dipper aperta as esporas em seu cavalo e foge com Mabel, em meio a uma tormenta causada pela fumaça das pistolas. Depois das planícies pálidas e dos arbustos de chaparral, eles correm para os cânions de pedras vermelhas, em volta da planície aberta.

– Parece que escapamos dos policiais – a garota afirma.

– É, mas por quanto tempo? – pergunta o irmão.

Dias e noites se passaram à medida que Dipper e Mabel continuaram a fugir da lei, comendo frutinhas durante o dia e cantando músicas country sob a luz de fogueiras à noite. Dipper aprende sozinho a esculpir em madeira. Mabel faz um suéter de ervas daninhas.

Ao final, a fome vence e decidem entrar sorrateiramente na cidade. No meio do caminho, passam por um desconhecido.

– Olá – diz Dipper – Essa é a estrada que vai para União Calamidade?

O solitário vaqueiro olha para Dipper e seu rosto empalidece:

– Aqui, leve meu cavalo! Levem o que quiser! Só não me machuque! – ele diz.

O estranho corre para as colinas.

– Hummm, isso foi estranho – murmura Dipper.

– Talvez esse cara possa ajudar – Mabel fala, virando para outro pedestre. – Ei, com licença!

O homem derruba sua bolsa de couro e corre, gritando:

– Aaah, são eles! Os Irmãos Calamidade! SALVE-SE QUEM PUDER!

– Quem? Onde? O que está acontecendo aqui? – a garota se questiona.

– Mabel, você não vai acreditar! – diz Dipper. Ele aponta para uma árvore, com um pôster afixado por um prego. No pôster há um desenho dos gêmeos com seus bigodes falsos. Na legenda embaixo se lê:

RECOMPENSA DE R$ 10.000 PELA CAPTURA DOS VILÕES MAIS PERIGOSOS DO OESTE!

– Espera... os *Irmãos Calamidade*? Aqueles foras da lei famosos que Blendin havia comentado? Eles acham que somos nós? – Mabel parece surpresa.

– Ah, de jeito nenhum! – exclama Dipper. – Mabel, você percebeu o que acabou de acontecer? Nós *somos* os Irmãos Calamidade. Eles nunca existiram. A lenda era sobre nós desde o princípio!

– Eita! – sussurra Mabel. – Então, o que faremos agora?

Dipper coçou seu queixo.

– Sei não. Nós já temos uma reputação. E um monte de pessoas nos deram essas coisas de graça porque pensaram que éramos criminosos. Não tem como pegar o tesouro de Blendin agora. Que tal viver o resto da vida como bandidos? De acordo com a lenda, nós vamos ser milionários!

– Hum, *sim*! Isso parece incrível! – a irmã se anima, fazendo um "toca aqui" com Dipper. – Ei, olha, tem outra pessoa vindo aí! Vamos surrupiar as coisas dele!

– Eu quero a escarradeira dele! – grita Dipper, enquanto cavalgam na direção do estranho para extorqui-lo.

E assim começa o resto de suas vidas como bandidos: contando fábulas, vivendo aventuras, andando pelo caminho dos dentes de ouro e das oportunidades douradas. O pôr do sol é a casa deles, as lebres são suas amigas e, de acordo com algumas músicas folk, Mabel doma e aprende a montar em um urso.

Ainda que para eles seja apenas o começo, querido leitor, para você este é o...

FIM.

DIZER QUE ELES SÃO O NOVO ESPETÁCULO

— **Nós somos o novo espetáculo da taberna!** – Dipper informa.

Joe Olhos Selvagens solta o colarinho de Dipper e o analisa, assim como a Mabel e a Blendin. – Vocês estão tentando me dizer que são as Garotas Piruleta Eia?!

Dipper lança um olhar de relance a Mabel e Blendin, e ambos encolhem os ombros.

– Sim. Sim, nós mesmos – o garoto confirma.

Joe Olhos Selvagens dá uma longa examinada em Dipper:

– Ora, tudo bem então, suba aqui! Estamos esperando há um tempão! – ele grita, sorridente.

A taberna toda irrompe em agito e berros.

Blendin e os gêmeos, envergonhados, sobem no palco.

– O que nós vamos fazer? – sussurra Mabel aos outros dois. – Devo contar minhas piadas de stand-up? Sei pelo menos umas quinze sobre presilhas de cabelo.

Joe Olhos Selvagens aponta para um caixote cheio de instrumentos que está ao lado do palco.

Mabel apanha um tamborim.

Dipper pega uma campana.

Blendin pega um banjo e, para a surpresa de todos, toca um solo emocionante.

Os gêmeos o observam, boquiabertos.

– Passei muito tempo na prisão! Aprendi a tocar banjo para não enlouquecer! – Blendin explica, mexendo a cabeça no ritmo da melodia.

Dipper e Mabel encolhem os ombros.

– Então... é um! É dois! É três! E vai! – diz Mabel.

Eles começam a tocar seus instrumentos.

Mabel improvisa uma canção:

Oh, nós estamos viajando com o vento,
E viajando de volta no tempo.
Um poderoso velho tesouro queremos encontrar.
Mas agora estamos a tocar
Para vocês, pessoas desconhecidas!
Por favor, só queremos evitar umas brigas.
Temos medo de perder nossas vidas!

– Isso é sério! – adiciona Blendin. – Temos mesmo muito, muito, muito medo de perder nossas vidas!

Blendin dedilha um lindo solo final no banjo e o grupo faz uma pose.

Os caubóis se levantam, carrancudos.

Mabel se assusta:

– Será que acabamos de enfurecer um bar cheio de foras da lei?

DESCUBRA A OPINIÃO DA PLATEIA:
VÁ PARA A PÁGINA 275.

DEIXAR O ALTAR E IR EMBORA

Dipper olha para Mabel, que segura a fita métrica do tempo e, então, olha de volta para Wendinella:

– Não posso fazer isso – ele diz. – Você é tudo que eu sempre quis, Wendinella, mas pertenço ao meu próprio tempo! Onde meus amigos e minha família estão! E também onde há água encanada e medicina moderna!

Dipper corre na direção de Mabel e Blendin.

Um cavaleiro o vê e desembainha sua espada, gritando:

– Pare!

Dipper pula por cima da espada, desvia e rola na direção de Mabel e Blendin. Ele agarra o tornozelo da irmã:

– Puxe a fita! PUXE A FITA! – ele berra. Mabel puxa a fita e *UOOOSH*, o trio retorna aos dias do presente, em Gravity Falls. Eles vão para a Cabana do Mistério.

– Bem, essa foi uma escolha difícil, mas foi a escolha certa – Dipper suspira. – Agora vou tentar só não pensar muito nisso!

Wendy entra na Cabana do Mistério trajando um vestido de noiva.

– Ei, e aí, cara? Olha só esse vestido velho e esquisito que encontrei! – ela diz.

Dipper começa a chorar e sai correndo para fora.

– Epa, o que ele tem? – ela pergunta,

– Ahm, nós estávamos em uma aventura no tempo – Mabel explica –, e ele teve a chance de se casar com uma garota que se parecia e agia exatamente como você, mas recusou. Acho que agora está arrependido pra valer.

– Uou, eu tenho uma sósia do tempo? – Wendy quis saber.

– É, mas era realmente muito estranho. O nome dela era Wendinella! – a garota explica. – Blargghhh.

– Eca, que horror – diz Wendy.

– Nem me fale – Mabel concorda.

Elas ficam sentadas ali por um momento.

– Quer usar a fita métrica para voltar no tempo e trocar de lugar com ela, consequentemente causando uma série de pegadinhas malucas e confusões? – pergunta Mabel.

– Com certeza! – Wendy responde.

Elas se juntam a Blendin e puxam a fita métrica do tempo.

Para continuar essa história, por favor compre a sequência deste livro, chamada *Gêmeos do Mistério: A Jornada das Irmãs do Tempo na busca da Gêmea Malvada do Tempo*.

IR PELO ATALHO

— **Por que eu estava me questionando?** — grita Mabel. Ela pisa no acelerador e o veículo segue em velocidade máxima até o túnel.

Praticamente em completa escuridão, Mabel pilota pelo corredor sinuoso antes de reaparecer sob a luz... e na frente do Corredor T.

A plateia vai à loucura.

Imperador Snorgshnog joga seus óculos de ópera no chão, em repulsa.

Os gêmeos assumem de novo a liderança.

Toby acelera e emparelha seu veículo com o dos irmãos. Ele tira uma adaga da manga e apunhala o tanque de combustível desprotegido dos gêmeos:

– Que cortada! – ele ri, soltando um guincho.

O painel de controle de Mabel acende uma luz vermelha.

– Dipper, estamos perdendo combustível muito rápido! E estamos quase na linha de chegada! – ela grita.

O Corredor T mantém a liderança contínua, enquanto os gêmeos começam a desacelerar.

Eles se comunicam com Blendin, berrando:

– Nos ajude!

– Ahhh, caramba, isso é difícil, pessoal – diz Blendin. – Vocês têm, basicamente, duas opções: podem detonar seus propulsores e torcer para que a explosão os empurre para a linha de chegada, mas há uma chance igualmente possível de vocês serem jogados na parede.

– Isso parece horrível! – grita Mabel. – Qual é a outra opção?

– Bem, tem um declive na pista à sua direita – diz Blendin. – Se você conduzir até o buraco, talvez consiga se atirar, como um estilingue, e cruzar a linha de chegada!

– E qual é o problema com essa opção? – pergunta Mabel.

– Se o seu ângulo for ligeiramente baixo, você provavelmente irá se lançar em um vórtice temporal, que... bem, ninguém nunca soube de verdade o que acontece quando se entra em um vórtice temporal! – Blendin explica.

– Ah, cara, essas escolhas são muito horríveis – a garota pondera. – E nós temos que escolher rápido.

– Qual delas vai ser? – Dipper pergunta à irmã.

EXPLODIR OS PROPULSORES:
VÁ PARA A PÁGINA 13.
PULAR O OBSTÁCULO:
VÁ PARA A PÁGINA 247.

A ARMA COMPRIDA E FINA

Dipper escolhe a arma comprida e fina.

– Espero que funcione – ele sussurra.

Dipper e Joe Olhos Selvagens se encontram na linha feita na areia.

Joe Olhos Selvagens zomba de Dipper:

– Você chama isso de pistola? – Ele ri, olhando para a arma. – Parece com um pirulito de prata! O que seria bem valioso, porém *inútil* em um tiroteio!

Dipper cerra os olhos.

Ele e Joe Olhos Selvagens começam a contar os passos.

– Um... dois... três...

Dipper respira fundo.

– Dez... onze... doze...

Mabel morde suas unhas.

Blendin morde as unhas de Mabel.

Mabel olha para Blendin com cara de nojo.

– Vinte e oito... vinte e nove... SAQUE! – diz Joe Olhos Selvagens, com sua arma em punho como um profissional.

Dipper atira e...

UOOOSH!

Uma bola azul gigante de energia surge da pistola de Dipper e dispara violentamente atravessando a rua, deixando um corte irregular no ar, semelhante a um rasgo no tecido do céu.

– Hum, Blendin, era pra isso acontecer mesmo? – o garoto questiona.

Faíscas saem do corte e um estrondo profundo emana lá de dentro.

– D-definitivamente tinha algo errado com essa pistola! – gagueja Blendin, ficando cada vez mais suado. – E p-pelo que parece, ela fez uma fenda no espaço-tempo!

Mabel vai na direção da fenda do espaço-tempo e a cutuca com um graveto.

– Cuidado! – berra Blendin. – Você não quer correr o risco de abrir isso ainda mais!

– Oops – diz Mabel. Ela rasga um pedaço da borda, deixando uma aba do espaço-tempo frouxa, pendurada para baixo, como se fosse o canto solto de um pôster. Ela tenta grudar a aba de volta, mas ela só a enverga para baixo mais uma vez.

– Ah, nossa, isso não é bom! – Blendin alerta.

Energia começa a explodir da fenda no espaço-tempo e diversas criaturas, humanos e máquinas de diferentes eras começam a emergir. Um enorme brontossauro se arrasta para fora da fenda e vai na direção do curral. Os cavalos entram em pânico e pulam as cercas, deixando seus donos para trás, para serem pisoteados. Um carro Ford Modelo T, dirigido por Abraham Lincoln, com Jimi Hendrix no banco de passageiro, também sai da fenda e começa a dar cavalinhos de pau na rua principal. Aranhas robôs gigantes do futuro correm para fora e começam a escalar os prédios.

Todos na cidade gritam e correm.

O trio se junta.

– O que vamos fazer? – pergunta Mabel. – Abraham Lincoln vai ficar muito bravo quando acabar a gasolina dele!

– O cisma temporal não para de crescer! – diz Blendin. – Preciso parar de comprar armas do tempo na promoção!

A fenda está ficando cada vez maior, e mais criaturas e seres de épocas contraditórias começam a sair dela. O universo está entrando em colapso.

Ainda que seja algo superlegal de ver, isso significa que, para os nossos heróis, a história deles chegou ao...

FIM.

NÃO SER VINGATIVO

O QUE VOCÊ ESTÁ FAZENDO AQUI?

POR QUE ESTÁ PERDENDO SEU TEMPO LENDO ESTA PÁGINA?

Você foi traído!

Eu sou o Narrador Onisciente Sem Nome e até *eu* quero chutar a bunda daquele rei!

VÁ SE VINGAR! CORRA PARA A PÁGINA 43.

ESCAPAR NO CARRINHO DE MINERAÇÃO

— Não há tempo para pensar! – berra Blendin. Ele pega os gêmeos e os arremessa para dentro do instável carrinho de mineração. – Vamos sair daqui rapidinho – ele diz, enquanto solta o freio.

O carrinho de centenas de anos sacode violentamente enquanto anda; parece que vai se partir ao meio a qualquer volta. O metal faz um barulho alto e agudo, e faíscas voam enquanto as rodinhas de ferro, com muito esforço, tentam manter o carrinho nos trilhos. Os gêmeos e Blendin se esquivam cada vez que deslizam por baixo de estalactites muito baixas em passarelas estreitas. Eles notam ossos de dinossauros em lampejos muito rápidos quando passam por paredes de estratos sedimentares.

– Pessoal, acho que nós o despistamos... – diz Mabel. – Então, hum, talvez devêssemos tentar diminuir a velocidade agora? – As palavras dela se perdem no *uoosh* ensurdecedor do vento que passa pelo carrinho. Ela agarra o freio e tenta engatá-lo, mas a alavanca quebra.

O carrinho fica ainda mais veloz.

Dipper pega uma lanterna, que escapa de sua mão e desaparece no túnel da mina.

Eles estão na mais completa escuridão.

Todos se abraçam, quando...

BAM!

O carrinho atinge um par de para-choques e para, arremessando o grupo para fora. Eles gritam, mas aterrissam suavemente na areia.

Blendin acende um fósforo e faz uma tocha improvisada com seu colete de caubói. Parece que eles estão em uma praia repleta de areia, dentro de uma caverna, ao lado de uma piscina azul, clara como um cristal.

À frente deles, há uma porta dupla de madeira de carvalho e uma placa que diz INVASORES, CUIDADO! Algumas joias brilhantes estão espalhadas pela praia subterrânea.

Dipper fala:

– Tudo aqui parece meio...

– Piratesco! – completa Mabel, com um sorriso.

– Pessoal. Atrás dessas portas! – diz Dipper. – Provavelmente encontraremos a Chave do Tempo!

Blendin começa a saltar com uma alegria contagiante.

– Nós conseguimos! Logo o tesouro será nosso! Enfim poderemos parar de fazer essas escolhas frustrantes!

Dipper, Mabel e Blendin colocam as mãos nas portas.

Seus dedos tremem e eles se entreolham com largos sorrisos.

ABRIR AS PORTAS PARA A SALA DO TESOURO: VÁ PARA A PÁGINA 125.

ENFRENTAR O DRAGÃO COM A FLAUTA

— **Bem, parece que vamos enfrentar o dragão** com a flauta – diz Blendin, encolhendo os ombros.

– Perfeito! – Dipper afirma, estufando o peito como um cavaleiro. – Vamos virar lendas ou morrer tentando.

– Eba! Morte! – diz Mabel.

Eles entram furtivamente na caverna, Dipper liderando o caminho com a tocha.

Cada rangido de ossos humanos embaixo de seus pés ecoa pelas paredes rochosas.

A respiração do dragão começa a ficar mais alta.

Eles fazem a curva.

À sua frente, há um dragão alado, enorme, com escamas vermelhas. Seus chifres arranham o topo da caverna. O animal repousa sob uma pilha gigantesca de tesouros, que cintilam ante a luz da tocha.

– Uau, olha só pra todos esses tesouros! – diz Blendin, passando os dedos entre as moedas. – Esqueça os Piratas do Tempo! Poderíamos saquear isso aqui e viver como reis! – Ele pega uma coroa e coloca em sua cabeça. – Olhe para mim, mãe! Quem é o desempregado com falta de autoconfiança agora, hein?

– Shhh – sussurra Dipper. – Você vai acordar o dragão.

– Você fala exatamente como ela! – diz Blendin. – "Tire o lixo, Blendin! Pare de usar o desodorante do seu padrasto, Blendin!" – Blendin segura um monte de moedas de ouro com os dois braços, mas, com o peso, ele tropeça e cai de costas com um *BAQUE*. – Socorro! – ele solta um grito agudo. – A armadura é pesada demais! Não consigo me mexer!

– Own, ele parece uma tartaruga de cabeça pra baixo – diz Mabel. – Olhe as pernas balançando. Mexe, mexe!

O dragão desperta com um susto.

– QUEM ESTÁ AÍ? – ele berra, com um sotaque escocês estrondoso, alongando o pescoço comprido. – VOCÊ NÃO É BEM-VINDO NO COVIL DE CONNERHEART, O DRAGÃO! VOCÊ DEVE SAIR!

– Depressa! – grita Dipper. – Toque a música, Mabel!

Mabel sopra a flauta do dragão e toca a melodia de uma música do Sem Parar, o hit "Tchau, tchau".

– O QUÊ? O QUE É ESSE LIXO POP MAINSTREAM DE TRÊS ACORDES? – o dragão se enfurece. – ACHA QUE PODE ME FAZER DORMIR COM ISSO?

– Mabel! Toque outra coisa! – grita Dipper.

– Eu só sei isso! – diz Mabel.

O dragão esfrega seus olhos, pega uma embalagem de enxaguante bucal gigante, de cor azul neon, dá um gole e gargareja algumas vezes, então, cospe uma enorme bola de fogo.

VUUUUSH!

Bem, valeu a tentativa.

FIM.

O FUTURO

— O futuro! – exclama Mabel. – Quero comprar um robô de abraços! E ver a que extremo chegaram os sabores de salgadinhos em mil anos!

– Eu não sei, Mabel – Dipper pondera. – A última vez que nós estivemos no futuro, lutamos em uma arena até a morte contra condenados do tempo e quase fomos comidos por um bebê gigante de trezentos metros!

– O nome dele é *Bebê do Tempo*, para a sua informação! – Blendin estala os dedos. – E ele comanda a humanidade com um pulso gordinho e suave de bebê! Mas, honestamente, ele não é muito pior que qualquer outro político. Exceto quando faz birra.

– Menos conversa, mais ação! – a garota ordena. – Vamos atrás da Chave do Tempo!

Blendin saca sua fita métrica do tempo e a puxa.

Instantaneamente, o mundo em volta se distorce por causa da hipervelocidade. Árvores começam a crescer em movimentos rápidos. Nuvens se mesclam em uma névoa. Cidades sobem e descem. O corte de cabelo bobo de Blendin se agita rapidamente na brisa do espaço-tempo e, então, de repente...

TUM!

Dipper, Mabel e Blendin aterrissam em uma rua suja do ano 20̃705. Os gêmeos olham ao redor, maravilhados com o mundo irreconhecível. Os prédios se estendem de forma ameaçadora em um céu negro, enquanto habitantes estranhos passam rapidamente com seus jet-packs e carros voadores. O rosto do Bebê do Tempo está projetado em todos os lugares.

– Agora escutem – diz Blendin, vestindo uma capa. – A missão na qual estamos não é exatamente aprovada pela Equipe de Remoção de Anomalias do Tempo, então vamos precisar de disfarces. Vocês deveriam tentar se esconder.

Dipper vira seu chapéu ao contrário. Mabel puxa o colarinho do suéter até a cabeça. Blendin faz um sinal afirmativo com a cabeça e os leva para a rua.

– Encontrar essa chave não vai ser fácil – Blendin avisa. – Os Piratas do Tempo são um grupo de sanguinários cruéis que preferem ser explodidos com uma arma laser a revelar seus segredos. Eles também usam chapéus superdescolados e têm frases de efeito como "me dá um tempo, seus fracassados" e "tá na hora da prancha".

– Você sabe muito sobre os Piratas do Tempo – diz Mabel. – Se eu não te conhecesse tão bem, diria que quer ser um deles!

Blendin gira e enrubesce, gaguejando na defensiva.

– E-eu? Nunca! Esses hipócritas salteadores do tempo são idiotas e não têm consideração pelas leis temporais! E às vezes falam umas coisas que machucam a gente de verdade!

– Poxa, parece que cutuquei uma ferida aí – murmura Mabel.

– Escutem – diz Blendin. – A boa notícia é que dois Piratas do Tempo foram capturados nesta cidade: Davy Tempo-Jones, a Escória das Sete Zonas Temporais, e um homem maluco, conhecido como Dos Hunthou. Um deles talvez barganhe informações sobre a chave em troca de sua liberdade. Então, o tesouro será nosso!

– Uma fuga da prisão! – exclama Mabel. – Tivô Stan nos contou sobre isso! Parece divertido!

– Não exatamente – diz Blendin. – Davy Tempo-Jones está preso na Infinitenciária, a prisão mais impenetrável de todos os tempos. – Blendin faz um gesto na direção de um complexo voador gigantesco, com formato de um número oito deitado. Está repleto de droides de segurança. – E Dos Hunthou se tornou escravo de um rico piloto espacial. Para libertá-lo, nós precisamos ganhar uma perigosa e traiçoeira corrida espacial, o que pode até parecer divertido, mas os movimentos rápidos me deixam com tontura e tenho medo de bandeiras quadriculadas. Além disso, a maior parte dos pilotos morre.

Dipper e Mabel trocam olhares.

Que decisão difícil!

FUGA DA PRISÃO DO FUTURO:
VÁ PARA A A PÁGINA 16.
CORRIDA ESPACIAL:
VÁ PARA A A PÁGINA 226.

FICAR PARA SALSAPARRILHAS

— Tudo bem, que coisa, vou tomar uma! – diz Mabel.

Dipper e Blendin soltam gemidos.

Todos no trem irrompem em alegria.

Mabel se senta e toma salsaparrilha com os passageiros, enquanto Dipper e Blendin aproveitam suas bebidas no canto escuro. Dipper gira a própria bandana entre os dedos, ao passo que Mabel e os passageiros riem escandalosamente e contam histórias. Logo, uma salsaparrilha se transforma em duas, duas em três e o dia em noite.

Quando o sol se esvai completamente do céu, o trem inteiro vira uma festa estrondosa, com Mabel na liderança, levando os passageiros a fazerem corridas de carrinho de mão, dançarem em trenzinho e dançarem o mambo, com um cabo de vassoura.

Dipper e Blendin engolem as últimas gotas de suas salsaparrilhas e adicionam as garrafas à pilha com as outras vazias que cercam Mabel.

Em algum momento, por volta da meia-noite, Mabel consegue se libertar de seu público.

– Me desculpem por isso, pessoal – Mabel diz a Dipper e Blendin. – Mas esse pessoal do Velho Oeste realmente sabe como se divertir!

Os passageiros saem tropeçando do trem.

– Até mais, Larry! – diz Mabel. – Até, Cachorro Louco! Na trilha pra ser um campeão de mambo, Billy Poeira Dourada!

Um garimpeiro com olhar selvagem sai do trem dançando a ginga e acena para ela.

Dipper, Mabel e Blendin voltam cambaleando para a vila... Mas algo está errado.

– Cara, meu estômago está me traindo – Dipper fala.

– O meu também – diz Blendin. – E não pode ser náusea temporal, senão eu estaria tossindo relógios em miniatura agora.

– É, também não estou me sentindo exatamente ótima agora – diz Mabel. – O que é isso?

Blendin tira uma varinha eletrônica que brilha e escaneia o corpo de Dipper.

A máquina faz um bipe e mostra uma tabela com informações.

– É, aqui está o culpado! – ele diz, virando a tela para que Dipper possa ver. – Disenteria! Todos nós temos disenteria. Talvez não devêssemos ter tomado salsaparrilha do Velho Oeste.

– Oh, caramba! – diz Mabel. – E... isso é ruim?

Dipper faz um sinal afirmativo com a cabeça.

– Isso é horrível! – a garota se exalta. – Nós vamos morrer?

– Não, na verdade não – diz Blendin. – Mas temos que voltar para o presente e tomar uns remédios.

– Oh – diz Mabel.

– Ok – o gêmeo concorda.

– É, nada de mais – Blendin assegura. Ele puxa a fita métrica do tempo e se mandam para o futuro.

Todos vão ao médico, que os cura rapidamente. Ainda que eles tenham se recuperado da disenteria, todos concordam que estão literalmente ENJOADOS de viajar no tempo.

Para os nossos amigos, parece que é o...

FIM.

DIZER QUE ESTÃO AQUI PARA O JOGO DE CARTAS

— Estamos aqui para o jogo! — Dipper anuncia.

Joe Olhos Selvagens chega mais perto dele e o encara com uma careta:

– Bom... Por que você não disse antes? – Ele ri, soltando o colarinho de Dipper. – Nós amamos novos jogadores... porque sempre perdem! Aqui, sente-se em uma cadeira e faça uma aposta! Contamos com você!

Mabel e Blendin suspiram, aliviados.

Dipper limpa o suor da testa. *Essa foi por pouco*, ele pensa.

– Então, o que vamos jogar? – ele pergunta. – Paciência? Pôquer? Vinte e Um?

Joe Olhos Selvagens ri.

– Ha-ha, olhem só pra esse garoto – ele diz. – Filho, nós não jogamos esses joguinhos de crianças. Há somente um jogo aqui que é sério o suficiente para malfeitores sanguinários como nós. Ele se chama... UNO.

– Nunca joguei esse antes! Mas acho que consigo pegar o jeito – o garoto assegura, piscando para Mabel e Blendin.

Os foras da lei zombam de Dipper, rindo empolgados e se cutucando com os cotovelos.

Uma hora depois, todos esses sorrisos sumiram, porque Dipper ganhou praticamente todo o dinheiro deles.

O garoto junta a pilha de dinheiro com um sorriso encabulado:

– Acho que foi sorte de principiante, né? – ele diz. *Jamais irei mencionar as horas e horas que eu e Mabel passamos jogando Uno no ônibus para Gravity Falls,* ele pensa.

– Filho, como você disse que se chamava mesmo? – pergunta Joe Olhos Selvagens mostrando seus dentes amarelados.

– Hum... Dipper.

– Dipper, hum. Não sei se já ouvi falar de um malfeitor chamado Dipper – Joe Olhos Selvagens fala. – Parece meio suspeito você estar por aqui, *Dipper*.

Dipper engole em seco.

– Isso é, hum, bem intimidante, ficar repetindo meu nome assim... – O garoto se sente como se todos o estivessem observando.

A taberna está em silêncio.

Ele, Mabel e Blendin estão aflitos.

Joe Olhos Selvagens se levanta e caminha até Dipper.

– Você tem certeza de que nunca jogou Uno antes?

– Bom, é, acho que não. Ou talvez uma vez ou duas vezes. Provavelmente. Quem sabe? – Dipper diz.

Joe Olhos Selvagens olha para seus colegas e diz:

– Pessoal, acho que temos um charlatão na mesa.

Todos eles se levantam.

Joe Olhos Selvagens aperta um ombro de Dipper:

– Há somente duas formas de resolver situações como essas, filho. A primeira delas é um tiroteio e a segunda é um tiroteio. Tecnicamente, há somente uma opção, mas falo desse jeito só porque soa mais dramático. Então, o que você acha da gente resolver isso lá fora?

Dipper se vira e vê dois foras da lei segurando Mabel e Blendin pelos braços.

Enquanto encaram Dipper, o dente de ouro dos malfeitores cintila na iluminação empoeirada.

O garoto coloca a mão no bolso e procura alguma coisa. Qualquer coisa. Ele encontra uma lanterna. *Talvez eu possa usar essa lanterna para distraí-los*, pensa.

O que Dipper deve fazer?

PARTICIPAR DE UM TIROTEIO COM JOE OLHOS SELVAGENS: VÁ PARA A PÁGINA 122.

DISTRAIR OS MALFEITORES E CORRER: VÁ PARA A PÁGINA 75.

BATALHAR COM O DRAGÃO

— Nós não podemos arriscar! — grita Blendin. – Acho que é hora de um de nós ser corajoso e lutar! Eu nomeio o Dipper!

– O *quê?!* – berra Dipper.

Blendin agarra Dipper e o joga em cima do dragão.

– SAI! SAI DE CIMA DE MIM, HUMANO! – o dragão ruge, pinoteando.

Dipper segura o pescoço do dragão e não solta. Ele desembainha a espada.

– Acho que vou ter que te matar ou algo assim agora! Foi mal, cara! – Dipper golpeia o dragão... e observa sua espada quicar devido às escamas.

O dragão solta um guincho.

– HUMANO TOLO! Suas armas não são páreas contra minhas escamas impenetráveis! A única coisa que pode me deter é o som produzido pela FLAUTA DO DRAGÃO!

Dipper encara Mabel.

– Foi mal! – ela pede desculpa, se encolhendo dentro da armadura.

Blendin desce as rochas e se aproxima do dragão.

– Ei, ei, Sr. Dragão! Por favor, não mate a gente! E se, em vez de nos matar, você nos desse um enigma? Não é algo que dragões fazem?

– Sério? – suspira o dragão. – Eu pareço um idiota?

– Hmm... Esse enigma está mais difícil do que pensei! – reflete Blendin.

– COMAM MINHAS CHAMAS! – ruge o dragão. Ele respira fundo, recarrega seu fôlego de fogo, e...

Uoooooosh!

Aparentemente, Blendin deu a resposta errada.
Para os nossos heróis, parece que é o...

FIM.

JUVENTUDE ETERNA

— Juventude eterna! Juventude eterna! — grita Mabel.

– ESTÁ FEITO! – diz o mago, antes de entregar a Mabel um frasco com um líquido roxo reluzente.

Mabel saca a rolha e segura o frasco na direção do céu.

– Adeus, rugas. Adeus, pés de galinha! Adeus pele esquisita de queijo cottage quando você está nos quarenta! – Ela faz um brinde antes de tomar o elixir do frasco da juventude. Arrota e bate no peito antes de entregar o frasco para Dipper. – Aqui está, mano. Toma essa.

Dipper mexe o líquido, analisando-o cuidadosamente e então toma um gole.

– Hum. Como vamos saber que funcionou?

Mabel encolhe os ombros.

Blendin engole as últimas gotas.

– Estou com mais cabelo?

Em alguns meses, os gêmeos e Blendin se sentem iguais.

Dipper percebe que quando se arranha ou tem um hematoma, se cura rapidamente.

Em alguns anos, Dipper e Mabel percebem que não passam pela puberdade, como o restante de seus colegas de classe.

Blendin nota que está igual como sempre.

Em algumas décadas, todos que eles já amaram pereceram durante a insurreição do Bebê do Tempo.

– Estou começando a achar que esse foi um acordo vagabundo, pessoal – diz Dipper, muito, muito tempo depois. – Já se passaram milhares de anos e minha voz ainda não engrossou.

– É, e finalmente estou começando a ficar sem novos suéteres para usar – fala Mabel. – Isso é bem decepcionante.

– Eu pareço mais novo? – pergunta Blendin.

– Você parece... mais velho – a garota responde. – Coitado.

– O que deveríamos fazer com nosso tempo livre? – pergunta o gêmeo.

– Vamos dançar com estilo, vamos dançar um pouco – sugere Blendin.

– Tudo o que temos são nossas caixas com coisas de toda a história do mundo – murmura Mabel. – Ei! Talvez devêssemos inaugurar um Museu do Passado!

– Ooooh! Eu gosto de museus! E isso irá manter nossas mentes longe do terror existencial de sermos imortais! – diz Dipper.

Então, os gêmeos começam a organizar o museu, que, de fato, se torna muito educativo e popular no futuro.

Blendin esfrega o chão eternamente.

Mas a busca pelo tesouro chegou ao...

FIM.

ROUBAR UMA NAVE

— Vamos roubar uma nave! – grita Mabel. – Eu já fiz muitos aviões de papel, então, acho que sei um pouco sobre pilotagem. – Ela corre pelo corredor, na direção do hangar.

O som dos guardas da Infinitenciária correndo ecoa pelo ar, ficando cada vez mais alto.

Dipper, Blendin, Davy Tempo-Jones e Chamillacles disparam em direção a Mabel.

Dentro do hangar, eles se amontoam dentro da primeira nave disponível. Na hora que as portas se fecham, eles escutam tiros de armas laser dos guardas, que ricocheteiam pelas laterais da espaçonave.

Mabel senta na cadeira do capitão e liga os motores.

– Dipper, você pega os lasers! – ela vocifera. – Davy, você é meu primeiro imediato!

– Iaaar – diz Davy Tempo-Jones, fechando seu punho.

– Chamillacles, sente-se ao meu lado, faça barulhos alienígenas e vista uma bandoleira – diz Mabel. – Confie em mim, você será o preferido dos fãs.

– Oooh, oooh, e quanto a mim? – pergunta Blendin.

– Você, não toque em nada! – berra Mabel.

– Isso parece uma responsabilidade muito grande – Blendin fala, suando.

A espaçonave balança na parte de baixo, devido ao impacto dos tiros de armas laser.

Mabel aperta alguns interruptores e a nave começa a levantar, desequilibrando todos.

Os guardas se atropelam para chegar perto das portas gigantes na frente da nave.

Mabel aperta o botão dos propulsores e eles aceleram para o espaço sideral. – UHUUU! – ela grita, enquanto executa uma manobra com a aceleração de força-*g*, fazendo com que a nave gire. – Uou, ser um piloto rebelde incontrolável é fácil! Basta não ter ideia do que está fazendo!

Blendin, Dipper e Davy Tempo-Jones recuperam o fôlego.

Avisos luminosos vermelhos piscam no alto.

Chamillacles balbucia.

– Ele disse "iminência"'! – diz Davy Tempo-Jones, apontando para fora da janela.

A rota de voo deles está bloqueada por uma enorme espaçonave pairando no espaço, do tamanho da Infinitenciária.

Mabel liga a tela de comunicação da nave, que está recebendo um sinal de videochamada.

A tela liga, exibindo um humanoide com cabeça de lagosta.

– PAREM, CONDENADOS! PAREM DE VOAR AGORA MESMO! – ele ordena. – EU SOU O GENERAL CRUSTÁCEO LAGOSTRELA! NÓS BLOQUEAMOS COMPLETAMENTE A SUA ROTA DE VOO! – Ele estala as garras de lagosta.

Mabel olha para além da tela.

– É verdade! – ela grita. – O que devemos fazer?

Davy Tempo-Jones observa o horizonte, e fala:

– Há somente duas formas de escaparmos! Primeira: nós voamos através daquele perigoso cinturão de asteroides logo ali! – Ele aponta para um cinturão de asteroides enorme.

– Você está louco, cara? – berra Blendin. – É impossível navegar através disso! Além do mais, nossa nave está sendo pilotada por uma garota de doze anos que está há algum tempo privada de oxigênio!

– As chances são uma em um milhão! – diz Dipper.

– Nunca me diga quais são as chances – resmunga Mabel –, porque sou péssima em matemática.

– Qual é a segunda opção? – pergunta Dipper.

– Voamos na direção deles, mergulhando de cabeça. Depois, atravessamos antes que consigam virar aquela nave gigantesca em nossa direção! – berra Davy Tempo-Jones.

– Mas isso é loucura! É voar na direção do perigo! – grita Blendin.

– *GLEEP GLORP!* – grunhe Chamillacles, batendo em seu peito.

– Olha a boca! – berra Blendin.

– É hora do capitão tomar uma decisão! – diz Davy Tempo-Jones, virando para Mabel.

Mabel encara para fora da janela e engole em seco.

SOBREVOAR A NAVE GIGANTE: VÁ PARA A PÁGINA 62.

VOAR NA DIREÇÃO DO CINTURÃO DE ASTEROIDES: VÁ PARA A PÁGINA 54.

RENDER-SE

Dipper reativa a arma laser e coloca o dedo no gatilho.

Mabel suspira.

– Dipper, espere! O que vamos fazer, passar o resto de nossas vidas como foras da lei? – ela pergunta.

Dipper coça o queixo e responde:

– Estou aberto à possibilidade. Eu sempre quis aprender a talhar em madeira.

Mabel faz um sinal negativo com a cabeça.

– Nós devemos nos render. É a coisa certa a se fazer – ela diz. – Além disso, cavalgar faz o meu traseiro doer.

– Ah, tudo bem – Dipper concorda. Ele desliga a pistola laser.

Com suspiros pesados, Dipper e Mabel abaixam as mãos e caminham para fora.

O xerife e sua equipe prendem e algemam os gêmeos, tirando a arma laser de Dipper.

– Bem, oooopa! Parece que conseguimos um bom e velho par de bandidos – afirma o xerife, enquanto dança a ginga e bate em suas esporas. – Vocês dois têm causado um *monte* de problemas. Parece que cêis vão ficar na cadeia por um loooongo tempo! Joguem eles na carroça!

Os policiais os arremessam na parte de trás de uma carruagem e dirigem rumo à vila.

Dipper e Mabel se mexem até a parte da frente, onde o xerife está sentado e casualmente talha em madeira.

– Então, hum, Sr. Xerife, qual será nossa punição pelo que fizemos? – pergunta Mabel.

– Sequestro de trem? – ele pergunta. – Bom, por mim, vocês iriam se vestir como pequenos trens e andar pela cidade. Quando alguém tentasse roubar vocês, eu não iria pará-los. Para ver se vocês gostam disso. Mas sou meio excêntrico, então eles não me deixam mais escolher as punições.

– Bem, quem decide as punições? – pergunta Dipper.

– Juiz Enforcalguémporqualquercrime – responde o xerife. – E já vou avisando, ele faz jus ao nome. Ele é um juiz de verdade.

Dipper e Mabel tremem.

– Ele liberou um criminoso somente uma vez – diz o xerife –, e só porque ele era uma criança!

– Mas nós *somos* crianças! – grita Dipper.

– O quê? Vocês três, vagabundos sanguinários? – O xerife ri. – Vocês claramente são adultos baixinhos por conta da desnutrição, que tá tão popular ultimamente.

– É verdade! – grita Mabel. – Dê uma bela olhada no meu irmão aqui!

O xerife lhes lança um olhar semicerrado:

– Bem, fui enganado. Vocês são crianças! Hummm... – Ele tira uma chave e os liberta. – Eu suponho que o pessoal de União Calamidade não iria ficar muito satisfeito em aplicar a pena de morte em crianças. Que tal se eu deixar vocês irem e te dar uma segunda chance?

– Verdade? Tem uma pegadinha nisso? – pergunta Dipper.

– A pegadinha é que é melhor vocês irem antes que eu mude de ideia! – diz o xerife.

Dipper e Mabel escapam rapidamente.

– Muito, muito obrigado. Nós sentimos muuuuito – Dipper agradece.

– De verdade, sentimos muito, muito! – diz Mabel, limpando a poeira de si.

– E levem essa colher esquisita brilhante de volta! – grita o xerife, jogando a Dipper a arma laser.

Os gêmeos correm a curta distância até a vila, e param na loja que vende de tudo.

– Bem, agora que conseguimos nos livrar de todos, o que faremos em seguida? – pergunta Mabel.

Blendin entra na loja, tropeçando e tirando a poeira de suas calças. Ele resmunga:

– Bem, vou dizer a vocês o que *não devem* fazer, que é tentar seduzir um homem de negócios rico que está longe de suas riquezas. Na hora que minha peruca caiu, ele me chutou pra fora de um trem em movimento! Esses hematomas vão se curar, mas meu orgulho... – Ele olha para o horizonte com um olhar vago.

– Apenas tentar esquecer tudo isso que acabei de escutar – Dipper afirma. – Parece que podemos explorar uma das outras opções, se quisermos encontrar a chave.

– Tudo bem, mas vamos precisar, mais uma vez, nos vestir de acordo com o ambiente – diz Blendin.

Dipper devolve a arma laser a Blendin e coloca um chapéu e botas de caubói. Mabel e Blendin fazem o mesmo.

Eles saem da loja em seus novos disfarces.

ENFRENTAR OS FORAS DA LEI NA TABERNA: VÁ PARA A PÁGINA 241.

EMBARCAR EM UMA AVENTURA NAS MINAS: VÁ PARA A PÁGINA 259.

SER GANANCIOSO

— **Quer saber? Eu posso responder por mim** mesma – diz Mabel. – Vamos ficar ricos em dobro!

Dipper dá de ombros e eles fazem um "toca aqui". – Então o que faremos? – ele pergunta.

– Bom, vamos dar um salto no tempo – Blendin explica – para o exato momento antes dos Piratas do Tempo fugirem. Nós tomamos controle do navio do tempo e da tripulação. Em seguida, vamos embarcar em uma vida mordaz, cheia de perigos, roubando e saqueando por todo o tempo!

– Parece uma boa ideia para mim! – dizem os gêmeos ao mesmo tempo, enquanto todos dão as mãos.

Blendin puxa a fita métrica do tempo, mas algo está errado. Ela está soltando faíscas e chiados, e o que normalmente é um feixe de luz azul, tornou-se vermelho.

Após um salto temporal particularmente difícil, Blendin e os gêmeos aterrissam em um deserto preto-avermelhado, com um estranho nevoeiro negro que se estende até onde os olhos podem ver. A uma longa distância, há figuras confusas e murmurantes, quase impossíveis de se ver, caminhando hesitantes como zumbis.

– O que aconteceu? Onde nós estamos? – grita Mabel.

– Oh, nossa – diz Blendin. – Esqueci que, como estamos em uma ilha do tempo sem sincronização com qualquer linha temporal, nós não poderíamos dar um salto no tempo. Caso isso ocorresse, seríamos jogados em um inescapável bolsão temporal.

– UM O QUÊ? – grita Dipper.

– É, acho que estou começando a realmente me arrepender dessa decisão de ser ganancioso, viu. Há quase uma lição nisso... – diz Blendin.

Mabel corre até uma das figuras obscuras.

– Com licença, senhor ou madame, você sabe uma forma de sair dessa espécie de purgatório?

A sombra olha para cima, por trás de uma cabeleira castanha. É a Mabel.

– Página 54 – diz a estranha Mabel sem vida e duplicada. – Estou procurando pela página cinquenta e quatro.

– Página 32... – resmunga uma outra. – Tenho que ir para a página 32.

Dipper e Mabel começam a virar as formas de sombras. E então descobrem que, na verdade, todas elas são clones desolados e exaustos deles mesmos.

Eles observam a si mesmos em roupas de caubói, em uniformes de prisão, todas versões deles mesmos das escolhas de aventuras que um dia deram errado.

– Ahhh, que lugar é esse? – pergunta Dipper.

– É pior do que pensei – Blendin afirma. – Estamos na Terra das Linhas Temporais Defeituosas. Em inúmeros universos, vocês passaram por essa jornada comigo, aqui, hoje. Um punhado deles, provavelmente 12 milhões, acabou antecipadamente ou se perdeu nas correntes temporais, ou ainda está por aí, vagando pelo fracasso. Seja lá qual for a razão, todas essas pontas soltas do tempo estão gravitando juntas pelo verso temporal e acabaram aqui. São como restos de pipoca queimada no fundo da embalagem.

– Você tem que tirar a gente daqui! – grita Mabel.

Há seis metros de distância, uma Mabel diferente grita a mesma coisa a um Blendin distinto.

– Caramba, isso não acabou muito bem! – Blendin afirma. – É quase como se nós tivéssemos alcançado o...

– PIOR FIM POSSÍVEL – murmuram milhões de clones melancólicos em uníssono.

– Socorro! – grita Dipper. – Alguém nos ajude!

A voz dele se perde no tumulto de 36 milhões de almas errantes desesperadas.

FIM.

FINGIR QUE SE IMPORTA COM QUESTÕES MORAIS

— **Desculpe, mas tenho que parar e pensar** na ética de tudo isso! – Mabel grita por cima do barulho do motor. – Eu vou me sentir muito mal se nem ao menos considerar a questão!

Ela solta o acelerador e diminui a velocidade, enquanto se aproxima do atalho.

– Huummmmmmmmmmmmmmmmmmmmmmmmmmmmmmmmmmmmmmmmmmmmmmmmmmmmmmmmmmmmmmmmmmmmmmmmmmmmmm – ela diz. – Ok, vamos lá!

IR PELO ATALHO:
VÁ PARA A PÁGINA 180.

ENCONTRAR O MAGO PERDIDO NA MASMORRA

O trio se reúne e sussurra. Em seguida, eles se viram para o rei.

– Nós escolhemos procurar na masmorra! – Dipper afirma. – Não importa qual seja o perigo, nós três, os heróis, estamos preparados para fazer o que for preciso!

– Acho que todos nós gostaríamos de conhecer um mago – diz Mabel. – Eles sempre têm nomes bobos e itens legais em seus bolsos.

– Que assim seja! – o rei fala. – Guardas, mostrem a eles a entrada para o Labirinto dos Horrores Incomensuráveis!

– Ei, espera aí – o garoto o interrompe. – Qual é o nome?

– O Labirinto dos Horrores Incomensuráveis! – repete o rei, abrindo um largo sorriso. – São oitocentos quilômetros de corredores curvos, cheios de armadilhas e becos sem saída projetados para fazer qualquer um que entrar ali tornar-se completamente louco! Foi por isso que o mago escolheu se esconder lá. Ele sabia que ninguém ia ser estúpido o suficiente para segui-lo lá dentro!

Os gêmeos e Blendin trocam olhares arregalados.

– Pensando bem, talvez nós iremos simplesmente escolher outro desafio – diz Dipper. – Você não havia dito algo sobre duas outras opçõ...

– Estou cansado dessa conversa! – grita o rei, batendo o cetro no chão. – Minha boca não foi feita para debater! Ela foi feita para receber prazeres majestosos! Guardas, levem-nos! E venham me dar comida na boca, para que eu não tenha que me mover!

Os cavaleiros arrastam o grupo para fora da sala do trono e os levam para uma escadaria úmida em espiral, que se estende até a parte de baixo do castelo. Começa a ficar cada vez mais escuro e repleto de teias de aranha, conforme eles descem as escadas curvas. Eles estremecem no frio, enquanto seus passos trêmulos ecoam pelo ar congelante.

– Estou muito feliz por estar usando esse suéter agora – diz Mabel. – Pensando bem, é a primeira vez em todo o verão que ele foi de fato apropriado.

O grupo se aproxima de duas portas enormes de carvalho, fechadas por uma viga mestre gigantesca. Três cavaleiros se esforçam para levantá-la. Choros de lamento e sofrimento ecoam por trás das portas.

Os cavaleiros entregam a Dipper uma tocha tremeluzente enquanto empurram o trio através das portas, na direção das trevas profundas.

– Então, esse tal mago. Onde nós podemos encontrá-lo? – Mabel pergunta aos cavaleiros. – Vocês têm alguma pista? Talvez um daqueles chaveiros que fazem um bipe e te ajudam a encontrar seu mago perdido em um estacionamento bem grande? Bipe-bipe?

Os cavaleiros fecham as portas bem na cara deles.

– Grosso! – Mabel grita.

Dipper segura a tocha, que revela um corredor arqueado que se estende pelo parece ser uma distância infinita à frente deles. O chão é poeira. As paredes são feitas de tijolos e ossos mofados. Uma mensagem, que mal pode ser lida, está rabiscada na parede:

NÃO HÁ BANHEIROS AQUI

Todos estremecem.

– Bem, acho que só tem um caminho para ir – Dipper fala.

– Sabe, tudo isso parece ruim – diz Blendin –, mas, na verdade, até que é bem impressionante, quando você se lembra que tudo foi construído por mãos humanas, séculos antes das ferramentas modernas e...

– Ah-ah! – diz Mabel, colocando um dedo sobre a boca dele. – Agora é hora de ficar quietinho.

O grupo escuta um gemido estranho de dor ecoando pelo corredor escuro.

– Ah! Um b-b-b-barulho desagradável! – gagueja Blendin, se escondendo atrás dos gêmeos.

– Parece o som de uma morsa dando à luz um camelo – diz Mabel.

– Bem, o único caminho que podemos ir é na direção do barulho – o garoto orienta.

Ele, Mabel e Blendin continuam caminhando lentamente na direção do gemido, até que veem, curvada nas sombras, uma silhueta ossuda cujo formato esquelético mastiga esfomeadamente uma cabeça de peixe.

Dipper dá um passo à frente, levanta sua tocha e grita quando vê...

Como era de se esperar, é o repórter da cidade natal deles e dançarino de sapateado fracassado, Toby Determinado.

– Oh, ei, amigos! – ele diz, oferecendo-lhes os restos de seu peixe mastigado. – Querem um pouco de peixe de caverna? Ele é cego, então não sabe que está sendo comido vivo!

– O que você está fazendo aqui? – pergunta Dipper. – E como isso é possível?

– Bem, é uma história engraçada! – diz Toby. – Eu estava comendo comida de micro-ondas congelada para o jantar, enquanto tentava tirar a mancha de maionese das minhas calças de moletom favoritas...

– Isso já é literalmente a história mais triste que eu escutei na vida – diz Mabel.

– ... quando, de repente, fui sugado por um portal do tempo roxo e luminoso e acabei parando por aqui! – continua Toby. – Aparentemente, os aldeões pensaram que eu era algum tipo de "ogro da tristeza" e me prenderam aqui, nessa masmorra, desde o ano passado! Tem todo tipo de gente por aqui. Eu até vi um mago uma vez.

– Ah, caramba, nossa, d-desculpe por isso – gagueja Blendin. – Há uma pequenina minúscula chance de essa explosão temporal futurística ter sido culpa minha.

– Não, aqui tem sido incrível! – Toby exclama. – Eu fiz amizade com um rato e essas túnicas de masmorra são as roupas mais limpas que já usei na vida! Se presenteie com uma cheirada!

– Isso não vai acontecer – diz Dipper.

– Bem, se você conhece esse lugar, talvez possa nos ajudar! – Mabel fala com um sorriso.

– Um segundo, reunião de grupo – diz Dipper. Ele puxa Mabel e Blendin de lado. – Mabel, o que você está fazendo? Quer mesmo passar as próximas seis horas caminhando na mais completa escuridão com Toby "Coma um Pouco do Peixe da Caverna" Determinado?

– Ah, que isso, Dipper, ele não é tão ruim assim – a irmã garante. – Se você cobrir o rosto dele com seu dedão, não terá mais que olhar para ele. Além disso, ele pode nos ajudar a encontrar o mago!

Dipper pensa sobre o assunto com seriedade.

SEGUIR TOBY PELA MASMORRA:
VÁ PARA A PÁGINA 143.
RECUSAR A OFERTA DE TOBY E ABANDONÁ-LO:
VÁ PARA A PÁGINA 138.

PERÍODO MEDIEVAL

— **Vamos escolher a Inglaterra medieval!** – Mabel pede.

– Eu concordo! – diz Dipper. – Castelos! Tesouro! Magos!

– E porcos de graça, simplesmente passeando pelas ruas. PELAS RUAS! – Mabel dá um gritinho.

– É, além disso, conforme as pinturas daquela época, sinto que meu tipo de corpo era mais apreciado no passado – resmunga Blendin. – Vamos encontrar a Chave do Tempo!

Blendin puxa a fita.

Dipper e Mabel colocam suas mãos no ombro dele antes...

VUUUUUSHHHH!

Luzes borradas giram ao redor deles, seguidas de um estouro estático, enquanto eles viajam pelo espaço e pelo tempo e...

SPLASH!

... aterrissam em uma poça de lama bem no meio de uma vila feudal. Incontáveis aldeões ficam parados, chocados em silêncio, encarando o trio.

– Isso é realmente muito estranho – diz Dipper.

– É – concorda a irmã. – Parece aquela vez que chamei um garoto que nunca tinha visto antes pelo nome, porque tinha pesquisado sobre ele na internet, que nem uma perseguidora.

A correria de cascos de cavalo quebra o calmo silêncio e um bando de cavaleiros em armaduras elegantes aparece.

– Uau, cavaleiros reluzentes! Vocês estão aqui para nos levar aos nossos destinos? – pergunta Mabel.

– Não – retruca o líder dos cavaleiros, levantando seu visor. – Nós estamos aqui para levá-los ao rei!

– Um rei *bonitão*? – pergunta Mabel.

– Não. O rei tirano e ditador – responde o cavaleiro.

– Mas, em uma escala de bonitão de um a dez, como você poderia avaliá-lo?

Todos eles se encaram por um momento, muito desconfortáveis.

O grupo é privado de suas armas e é levado para uma grandiosa sala do trono, e jogado no chão frio, duro, de paralelepípedos. Na frente do trio, um rei pançudo e com uma longa barba branca está sentado. Ele come comidas extravagantes e ri para si, falando com um tom nasal.

– Digam-me, o que traz vocês, grupo de miseráveis, ao meu reino?

Dipper se levanta e abre a boca, mas, atrás dele, alguém chuta suas pernas.

– Ajoelhe-se quando for se dirigir ao rei – resmunga um cavaleiro alto.

Dipper tosse.

– Desculpe, Majestade, não queríamos desrespeitá-lo – ele diz. – Viemos aos seus domínios em busca de uma chave. Só uma chave comum e velha. Queremos somente encontrá-la e não ficar no seu caminho. Não mesmo. Nada do tipo. Verdade verdadeira.

O rei passa a mão em sua barba régia.

– Uma chave, você disse? Poderia descrever essa... chave?

Dipper e Mabel olham para Blendin.

– S-sim, Majestade – Blendin gagueja. – Ela pertence a um grupo de piratas temidos e respeitados, liderados por um homem com relógios na barba.

O rei treme.

– Macacos me mordam, eu conheço um desses piratas de que vocês estão falando! Ele deixou uma chave aqui e me disse para não contar a ninguém!

– Ele deixou?! – Dipper, Mabel e Blendin dizem em uníssono.

– Além disso, ficarei muito feliz em contar mais a respeito para vocês – o rei declara.

– Sério? – pergunta Dipper. Ele quase se levanta, mas, quando um cavaleiro alto se aproxima, ele se ajoelha de novo. – Isso é ótimo e desconcertantemente franco... Em geral, temos que...

– Mas direi somente se vocês completarem uma das *três* tarefas reais para mim! – anuncia o rei.

Dipper, Mabel e Blendin suspiram.

– Sabia que era bom demais pra ser verdade – murmura Dipper. – Tudo bem, Rei, do que você precisa?

– Primeira tarefa! – grita o rei. – Minha filha está sendo cortejada por um pretendente cavalheiresco!

– Isso aí, garota! – diz Mabel.

– Ai de mim – o rei choraminga. – O pretendente é um bruto sem honra. Ele é muito irritante e eu odiaria ter que vê-lo pelo meu reinado mais do que já vejo. Se vocês conseguirem derrotá-lo em uma disputa de valentia e se livrarem dele para mim, minha informação será de vocês!

Dipper engole em seco.

– Segunda tarefa! – grita o rei. – Um dragão roubou meu cálice mais valioso e está guardando-o com muita cobiça! Vocês me fariam um grande benefício se o matassem e trouxessem o cálice de volta!

– Oh, escolha o dragão, escolha o dragão! – Mabel cantarola. – Mas não vamos matá-lo – ela sussurra.

– Terceira tarefa! – o rei grita. – Meu melhor mago ficou maluco e está escondido em uma masmorra. Preciso que alguém vá até as catacumbas a fim de encontrá-lo e trazê-lo de volta para mim! Vocês podem me ajudar?

**BATALHAR COM O CAVALEIRO:
VÁ PARA A PÁGINA 233.
MATAR O DRAGÃO: VÁ PARA A PÁGINA 9.
ENCONTRAR O MAGO PERDIDO NA
MASMORRA: VÁ PARA A PÁGINA 217.**

CORRIDA ESPACIAL

— Uma corrida espacial! — gritam os gêmeos, fazendo um "toca aqui".

– Blendin – diz Dipper –, o que exatamente é uma corrida espacial mesmo?

– Uma corrida espacial é um evento esportivo muito emocionante e muito perigoso, parecido com o que os seus antepassados chamavam de corrida de bigas – explica Blendin. – Os competidores dirigem um veículo de titânio, que é puxado por duas turbinas presas por cabos, e correm por cânions e desertos, para ver qual é o mais rápido! Nós chamamos isso de corrida Vrum-Vrum Bi-Bi Bum-Bum.

Os gêmeos encaram Blendin.

– Tudo aqui é nomeado pelo Bebê do Tempo – diz Blendin.

– Então, como nós conseguimos uma máquina para competir? – pergunta Dipper.

– Bem... elas são bem caras e não sei se posso gastar todo esse dinheiro – Blendin responde. – Eu estou guardando meus créditos espaciais para comprar um travesseiro grande para me sufocar nele, assim não escuto as críticas constantes da minha mãe.

– Que travesseiro o quê! – grita Mabel. – Se nós libertarmos Dos Hunthou e conseguirmos a Chave do Tempo para encontrar o Tesouro dos Piratas do Tempo, você poderá comprar cem travesseiros. Ou até mesmo uma nova mãe!

– Uma nova mãe… – murmura Blendin, claramente considerando a possibilidade.

– Além disso, nós já jogamos centenas de videogames de corrida – Dipper conta, encolhendo os ombros. – Dirigir um desses provavelmente é a mesma coisa!

– Tá bom, vai – diz Blendin. – Eu sei de um lugar onde eles vendem com desconto.

Ele leva os gêmeos a um ferro-velho decadente, na periferia da cidade. Blendin retira sua capa, pois o sol quente está tinindo no ar empoeirado.

Placas penduradas em arame farpado avisam: CUIDADO COM OS CACHORROS DO TEMPO e INFRATORES SERÃO ENVIADOS PARA LINHAS TEMPORAIS INDESEJÁVEIS.

Em uma oficina aberta, há um veículo de corrida espacial de titânio.

Dipper passa as mãos pelo enorme motor.

– Que velocidade será que ele atinge?

– Mais de quinhentas milhas do tempo por hora temporal por parsec – uma voz ecoa com um agradável sotaque sulista.

Um ciborgue careca e sem pernas, usando uma camiseta havaiana muito chamativa desliza de um pequeno trailer no canto do lote em uma plataforma flutuante.

– Sim, essa máquina é uma belezinha ou não me chamo Glorglax Gleeful! – diz o ciborgue. – Minha família vende esses veículos por preços muito, muito baixos desde as épocas mais antigas: 1970! Vocês estão querendo participar de uma corrida espacial, companheiros?

– Dos Hunthou – diz Blendin, segurando um pôster amassado de "PROCURA-SE" com a foto do antigo Pirata do Tempo. – Nós queremos conquistar a liberdade desse escravo na próxima corrida.

– Ele tem uma chave chique que nós queremos por razões mágicas! – Mabel explica.

Glorglax Gleeful olha Mabel de cima a baixo antes de cuspir em uma escarradeira flutuante.

– Bem, esse aqui é o melhor veículo espacial de todo ano de 20̃705. É praticamente *garantido* que vocês irão ganhar a corrida. Então, clientes espertos como vocês já podem supor que não será barato.

– Quanto? – pergunta Dipper.

– Eu vou fazer um preço legal pra vocês e vendê-lo por 30 mil créditos – diz Glorglax.

– Nós vamos levar! – a garota confirma, estendendo a mão para um cumprimento.

– *PFFFFFF!* – Blendin cospe toda a sua limonada do tempo. – O QUÊ? Isso é mais do que as economias da minha vida inteira! – ele grita. – Eu só tenho 21 mil créditos! E três centavos que encontrei em um alimentador de pássaros! E isso é tudo!

Glorglax esfrega a mão no queixo e olha para Blendin de cima a baixo:

– Bem, agora, deixover se tem algo que eu possa fazer. Claro que sou um ciborgue programado para vender e, bem, eu vejo que vocês precisam disso. Então, que tal fazermos o seguinte: tenho outro veículo que posso vender para vocês por 21 mil créditos. Não é garantido que irão ganhar a corrida com ele, mas deve servir.

Glorglax pondera por um momento e completa:

– Maaaaaas, para dizer a verdade, eu realmente gostaria de ver vocês nessa belezinha. – Ele passa a mão no veículo espacial mais caro. – Então, é isto que irei propor: no meu bolso tem uma coisa chamada quadrado da probabilidade. – Ele mostra um cubo pequeno de madeira, com três lados vermelhos e o restante azul. – Que tal se nós rolarmos ele, ver se sai o vermelho e, caso saia, vendo essa máquina por 21 mil créditos?

– Espera, mas o que acontece se sair o azul? – pergunta Mabel, analisando-o minuciosamente.

– Bem, devo dizer que estou de olho em seu amigo adulto aqui e seus braços roliços, porém robustos – diz Glorglax. – Creio que ficarei com ele como meu empregado contratado se vocês perderem.

Blendin engole em seco:

– O *quê?*

– Tudo bem – os gêmeos concordam em uníssono.

Blendin se espanta com as crianças:

– Não posso correr o risco de virar um empregado! Eu realmente odeio fazer coisas, imagine fazer coisas o tempo todo!

Mabel encolhe os ombros e fala:

– Sei não, talvez devêssemos nos virar com a máquina capenga e não correr o risco.

ROLAR O QUADRADO DA PROBABILIDADE:
VÁ PARA A PÁGINA 49.
COMPRAR O VEÍCULO CAPENGA:
VÁ PARA A PÁGINA 269.

FUGIR

Os policiais invadem o vagão.

– Bem, Mabel... há somente uma opção – diz Dipper. Ele aponta a arma laser para o teto do vagão e atira. Um enorme flash de luz brilhante e um estrondo ensurdecedor explode todas as janelas do trem.

Os policiais se agacham para se proteger.

– Mas que raios? – um deles grita.

– Ele tem um tipo de canhão de bolso! – grita outro.

– Q-quem são vocês? – pergunta o xerife.

O trem faz um movimento abrupto para a frente e começa a ganhar velocidade.

Dipper rapidamente agarra Mabel pelo braço e corre para fora do trem, pulando pela janela estilhaçada do vagão.

Os gêmeos caem no chão, rolam, ficam em pé e correm.

Blendin tropeça para fora da porta do trem e rola na direção das crianças, atropelando alguns cactos pelo caminho.

Os gêmeos acenam um "adeus" para os policiais enquanto o trem continua a seguir em frente.

Blendin caminha na direção dos trilhos do trem.

– Uhuuull! – Mabel se anima. – Melhor dia da vida!

– Sim! – diz Dipper. – Essa foi por pouco!

– Oh, não! – grita Blendin, tirando a fita métrica do tempo dos trilhos, despedaçada.

Eles olham ao redor. Há apenas deserto por quilômetros e quilômetros.

– Hum... e agora, o que faremos? – pergunta Dipper.

– Oh! Pássaros! E cachorrinhos! – a irmã fala, sorrindo.

– Mabel, são urubus... e coiotes – diz Dipper.

Parece que nossos heróis chegaram ao...

FIM.

BATALHAR COM O CAVALEIRO

— **Vamos acabar com esse cavaleiro!** – diz Dipper. – Pela honra do reino!

– E para conseguir o doce tesouro! – sussurra Blendin.

Dipper dá uma cotovelada na barriga dele.

O rei move seus dedos e abre um grande sorriso:

– Oh, legal, legalzinho, legal, eu estava mesmo torcendo para que você escolhesse essa tarefa! Vamos. Siga-me. Você deve conhecê-lo!

Dipper, Mabel e Blendin acompanham o rei por corredores obscuros de pedra. Os cavaleiros seguem atrás, cutucando seus calcanhares com lanças compridas.

Mabel sussurra para Dipper.

– Psssiu, você tem certeza disso? Normalmente, você não lida muito bem com competições...

– Vamos lá, Mabel – Dipper tranquiliza a irmã. – Estamos na Inglaterra medieval. No pior dos casos, posso só impressionar esse cara com nossa tecnologia do futuro, como calculadoras e cordões de sapatos. Então, iremos encontrar a Chave do Tempo e sair correndo! Com sorte, o rei irá nos contar sobre ela após completarmos essa tarefa.

Eles fazem a curva e param em uma sacada esculpida em pedra, com vista para o pátio. Abaixo, os cavaleiros e escudeiros praticam o manejo de espadas. Todos estão de cabeças baixas, andando curvados, exceto por um cavaleiro robusto, parado no centro, com o peito estufado e queixo para cima, sorrindo e gritando. O rei faz uma menção na direção dele.

– ESSA É A MINHA CASA! Vem pra cima! Vem pra cima, mano! – brada o cavaleiro. – Olha pra essa armadura! Você sabe quanto custou essa armadura? – O cavaleiro empurra a cara do escudeiro na direção de seu peitoral prata.

– Bem, agora consigo entender o porquê de você não querer esse cara por aqui – Dipper fala ao rei.

O rei limpa a garganta e chama o cavaleiro:

– Aham. Sir Swollsley! Há outro pretendente aqui pra te desafiar pela mão de sua bela donzela!

– Manda aqui o pretendente, mano – grita Swollsley. – Deixa eu acabar com ele, pra eu casar com a sua doce, doce filha e agitar as paradas desse reino. Jogando a real, mano.

– Sim, sim, irei enviá-lo – diz o rei. Ele lança um sorriso falso para o cavaleiro antes de sussurrar para Dipper: – É melhor você ganhar essa, garoto.

– Agora o desafiante deve decidir entre dois desafios – diz o cavaleiro. – Um de astúcia, como xadrez, ou um de força bruta, como um combate. Me diga, garoto, qual você escolhe?

JOGAR XADREZ COM ELE:
VÁ PARA A PÁGINA 170.
COMPETIR CONTRA ELE:
VÁ PARA A PÁGINA 22.

CONFIAR NO GARIMPEIRO

— **Nós vamos confiar em você, Jugsley** — Mabel diz para o garimpeiro.

– Você tem certeza disso? – sussurra Dipper. – Parece que faltam uns parafusos nesse cara.

– Vamos lá – diz Mabel, fazendo um gesto para Jugsley. – Nós pensamos a mesma coisa de McGucket e, no final das contas, ele era tranquilo. Além disso, ninguém seria tão louco a ponto de olhar em seus olhos e deliberadamente te guiar até a sua própria morte!

Os gêmeos e Blendin seguem Jugsley por alguns passos túnel adentro.

– Opa, chegamos até a morte de vocês! – Jugsley anuncia. Ele alegremente chuta Blendin e os gêmeos para o buraco. – Iuhuuuul, era a sina de vocês cair aqui! – Ele ri. – É, essa foi uma escolha estúpida! Claramente eu sou um maníaco!

Mabel cospe poeira de carvão.

– Deixa a gente sair daqui, seu monstro!

– Desculpa, mas lamento dizer que cêis não podem sair por aí pelas minhas minas, tentando roubar meu boro precioso – diz Jugsley. Ele começa a pregar tábuas na abertura do buraco. – Daqui a uns 20 anos, nóis vai tá em guerra com os australianos e vamos precisá de todo o boro possível. Não acreditam em mim? Então cheirem um pouco de poeira de boro, que nem eu faço todas as manhãs, que vai começar a fazê sentido rapidinho! – Ele continua a selar o buraco.

Dipper olha feio para Mabel e pergunta à irmã:

– O que você disse mesmo sobre nunca fazer as escolhas óbvias?

Mabel dá um murro no ombro de Dipper, enquanto Jugsley ri alto.

Eles sentam em silêncio no buraco... para sempre.

Pelo menos eles têm boro.

FIM.

VOAR ATRAVÉS DA NAVE

— Nós vamos entrar! – grita Mabel. Ela puxa os controles e conduz a espaçonave na direção de uma porta de exaustão localizada na parte frontal da enorme nave à frente deles.

Uma frota de naves-caça acelera em sua direção, mas Dipper rapidamente os neutraliza com uma arma laser:

– Finalmente todo o tempo que gastei assistindo a filmes de ficção científica em vez de fazer amigos está compensando! – ele exclama.

Mabel dirige a espaçonave na direção da abertura e ganha equilíbrio. Ela gira e se vira, através do canal apertado, evitando canos e circuitos elétricos.

Duas naves-caça a seguem e colidem contra as paredes, enchendo o túnel de faíscas azuis.

– Pessoal, é impressão minha ou o túnel está ficando cada vez menor? – pergunta Blendin.

Dipper olha pela janela na parte superior da nave antes de ela colidir com um cano:

– É, definitivamente está ficando menor! DEVAGAR, MABEL!

Mabel diminui a aceleração.

Eles se movem em um ritmo vagaroso pelo corredor estreito.

Começa a ficar tão estreito que todos a ajudam a se direcionar.

– Um pouco para a frente! – diz Davy Tempo-Jones. – Um pouco mais!

– Atrás tá tudo certo! – completa Dipper.

– Só mais um pouco... PARE! – berra Blendin.

Mabel introduziu a espaçonave na parte mais estreita do duto. Ela tenta manobrar e seguir em frente, mas não sai do lugar.

– Estamos presos! – diz Dipper.

– Droga! – berra Mabel. – O que aconteceu?

– Parece que eles perceberam o problema do projeto e o consertaram – diz Blendin. – Hum, acho que eles não são idiotas!

– Então estamos presos dentro dessa enorme espaçonave? – Dipper indaga.

O grupo abre uma portinhola de ventilação localizada no teto da cabine da nave e espia lá fora, enquanto Davy Tempo-Jones acende um fósforo. O corredor não é um corredor. É um pavilhão. Há fileiras de celas de prisão que se alinham à parede.

– Espera um pouco – diz Dipper. – Nós acabamos de escapar de uma prisão e fomos parar em outra?

– Bem, tecnicamente é chamado de brigue, porque é dentro de uma nave – Davy explica. – Mas não vou fazer distinções tão pequenas assim. A não ser que estejamos entediados, porque, aí sim, fazer distinções de pequenos conceitos é uma ótima forma de passar o tempo.

– Ei, não é necessário! – Mabel afirma, explorando um canto. – Eles têm revistas aqui! – Ela espalha várias edições como se fossem cartas de um baralho.

– *Tempo Vida*, *Tempo Tempo*, *Tempo Ilustrado* – diz Blendin. – Cara, essa é uma seleção de primeira categoria!

Até Chamillacles solta ruídos de satisfação.

– Quem quer fazer um quiz da *Tempo Cosmopolitano* sobre qual é a sua personalidade temporal? – pergunta Mabel.

– Eu! Eu! Eu! – diz Davy Tempo-Jones, pulando.

O grupo se senta em um círculo e faz quizzes de personalidade.

Eles conseguem se conhecer de verdade pela primeira vez na vida. O que é legal, contudo ainda estão na prisão. A busca pelo Tesouro dos Piratas do Tempo finalmente chegou ao...

FIM.

ENFRENTAR OS FORAS DA LEI NA TABERNA

— **Pessoal, acho que é hora de fazer** uma limpeza nesta velha cidade antiquada – diz Dipper.

Com um sorriso arrogante, o garoto se aproxima abrindo as portas duplas da taberna.

O silêncio paira sobre a música country.

– Meu nome é Pioneiro Pines e estou procurando por...

BLAM!

As portas batem, atingindo Dipper nas costas e o fazendo tropeçar e cair. Ele procura algo para se apoiar e ficar em pé, mas sua mão encontra apenas uma toalha de mesa.

Ele a puxa com força e garrafas de refrigerante de salsaparrilha caem como dominós por todo o bar, até que...

CRASH!

Uma garrafa se estilhaça perto de um bandido monstruosamente corpulento, que para de mascar seu chiclete e, devagar, se levanta. A enorme fivela do seu cinto possui as seguintes palavras gravadas: JOE OLHOS SELVAGENS e, embaixo, um subtítulo em fonte cursiva, um pouco menor: O FORA DA LEI MAIS TEMIDO DA TERRA. Todos no local congelam, alarmados.

– Desculpe! – pede Dipper, em um tom de voz pré-adolescente, agudo, como se fosse um miado de gatinho.

Joe Olhos Selvagens caminha pisando forte até o outro lado da taberna e levanta Dipper pelo colarinho.

– Você acabou de sujar minhas calças de vaqueiro favoritas. – ele diz, seus olhos selvagens quase saltando para fora das órbitas. – Que modos são esses, um camarada entra em um lugar como esse e derrama salsaparrilha nas calças de vaqueiro de outro cara?

Dipper começa a gaguejar de modo incoerente.

– Nós estamos procurando por um-um...

– Você é um fora da lei? – indaga Joe Olhos Selvagens. – Ou só um pouco por fora? Ou então só um idiota? Porque não trato bem nenhum desses tipos – ele rosna.

Dipper quase desmaia por conta do bafo de Joe Olhos Selvagens.

– Melhor começar a se explicar ou vou ter uma conversinha com meu amigo, o agente funerário! – diz Joe Olhos Selvagens.

– Ahhh é? Sobre o quê? – pergunta Mabel com um sorriso.

– SOBRE MATAR VOCÊ! – ele responde.

Mabel se assusta.

Dipper olha em volta.

Há um palco vazio.

Talvez eu possa mentir e dizer que somos o novo espetáculo da taberna, ele pensa.

Há também um lugar vago na mesa de cartas.

Ou talvez eu possa fingir que está tudo bem e dizer que, na verdade, estou aqui para o jogo de cartas.

De todas as formas, é melhor VOCÊ decidir AGORA!

DIZER QUE ELES SÃO O NOVO ESPETÁCULO: VÁ PARA A PÁGINA 175.

DIZER QUE ELES ESTÃO AQUI PARA O JOGO DE CARTAS: VÁ PARA A PÁGINA 198.

NÃO SER GANANCIOSO

— **Mabel – Dipper chama –, vamos ser** sensatos e parar por aqui.

A garota faz um aceno afirmativo com a cabeça.

– M-Mas-Mas-Mas... – gagueja Blendin.

Mabel tira a fita métrica da mão dele.

Blendin fica emburrado.

– Então, como vamos levar tudo isso pra casa? – pergunta Mabel.

– Bem, eu trouxe alguns sacos infinitos. – Blendin mostra o que parecem ser sacos de lixo prateados brilhantes. – Esses sacos usam uma brecha no tempo e espaço para providenciar espaço infinito!

Os gêmeos e Blendin dividem o tesouro em três partes iguais e começam a encher os sacos. Eles os colocam em seus ombros e escalam na direção da porta do tempo, de volta à corrente temporal. Blendin os guia até um lugar que irá deixá-los de volta em seus respectivos tempos.

– Obrigada pelas riquezas, Blendin! – Mabel agradece.

– Oh, que isso pessoal – Blendin responde. – Ter encontrado este tesouro é algo que vai mudar a minha vida de uma vez por todas. Eu devo agradecer a vocês! – Ele saca seu telefone do tempo, digita um número e espera alguém atender. – Alô? Alô! Sim, mãe, sou eu. E quero fazer um pequeno anúncio. Estou me mudando de casa! – Ele bate os calcanhares. – Além disso, eu jamais irei ligar para meu padrasto. É isso! – Blendin sorri de orelha a orelha enquanto desliga o telefone. Dipper e Mabel fazem um entusiasmado sinal de positivo. Inesperadamente, Blendin abraça os gêmeos. Ele percebe o que está fazendo e rapidamente se afasta. – Desculpa, pessoal. Acho que, bem, em milhares de linhas temporais, essa é a única na qual tenho... amigos.

– BUU! – diz Dipper. Mabel, com o cotovelo, lhe dá um cutucão na barriga.

– A seu dispor, Blar-Blar – Mabel sorri. – A seu dispor.

Em Gravity Falls, o sol se põe. Vaga-lumes começam a aparecer e o ar da noite está zumbindo. Enquanto isso, Dipper e Mabel carregam seus sacos do tesouro para casa.

– Cara, isso realmente tá pesado – diz Mabel, suando.

– Não posso... parar... Quase... em casa... Quase rico – o gêmeo fala.

Mabel para e se inclina sobre seu saco de tesouros.

– Sabe, Dipper, estive pensando. Se uma pequena escolha como o suéter que devo usar acabou nos dando este tesouro infinito, que tipo de impacto um tesouro infinito vai ter nas nossas vidas?

Dipper limpa a testa.

– Cara, um monte de pessoas vai querer um pouco disso aqui. E provavelmente teremos que pagar impostos e tomar decisões sobre investimentos. Tivô Stan vai querer uma parte. Teremos de decidir se iremos ou não dar um pouco pra ele. Caramba, parece que quanto mais ricos formos, mais decisões teremos de tomar.

– Talvez seja só eu – diz Mabel –, mas, depois de passar o dia todo escolhendo e escolhendo, eu honestamente poderia escolher a opção de nunca mais ter que fazer uma escolha.

– Quer enterrar isso aqui na floresta e deixar tudo de lado, por enquanto? – pergunta Dipper.

– Com certeza – a irmã responde.

Então, Dipper e Mabel cavam um buraco, enterram seus sacos de tesouros e tiram a poeira das mãos. Contudo, não foi uma perda completa. Dipper pega uma moeda de ouro, porque uma moeda, quando jogada, tem o poder de fazer a decisão *por* eles, assim, eles não terão que se estressar novamente em relação a fazer escolhas.

– Quer assistir o novo episódio de *Patotive*? – Mabel sugere, olhando para seu relógio.

Dipper joga a moeda e sorri.

– Claro. Estamos na hora certa.

Rindo, eles retornam à Cabana do Mistério para...

O ÚNICO E VERDADEIRO FIM.

Parabéns, querido leitor. Você escolheu de forma sábia. Mas será que encontrou um segredo...?

PULAR O OBSTÁCULO

— Vamos pular! — diz Mabel, guiando o veículo de corrida espacial na direção da cavidade. – Estou superconfiante nas minhas habilidades e nem um pouco confiante nos avisos de morte de Blendin. Isso vai ser perfeito! – Mabel usa a potência decrescente do veículo para acelerar na direção do buraco.

Dipper se agarra nos braços do assento.

– Muito bem, aqui vai... ACELERANDO! – Mabel grita. Ela acelera para trás e deslizam para dentro do buraco.

Dipper fica verde.

Mesmo sem o jato de propulsão, o veículo espacial ganha velocidade e vai direto para a parede do cânion. Então, começa a fazer uma espiral, em direção ao fundo.

– Cuidado... cuidado... você precisa fazer isso no tempo exato! – diz Blendin pelo comunicador.

– Três... dois... AGORA! – Mabel grita. Ela força o acelerador no máximo.

O veículo espacial dispara para a frente, com sua última partícula de energia.

Começa a escalar a parede.

Está correndo para a frente, com velocidade arriscada.

Os gêmeos se seguram enquanto são lançados para fora da fenda e, em seguida, disparam pelo ar.

– Está funcionando! – berra Mabel.

– Nós estamos passando o Corredor T! – grita Dipper.

– Vocês passaram todo mundo! – Blendin informa pelo comunicador.

Porém... os irmãos ainda estão ganhando altitude. De repente, seus controles ficam caóticos. O mundo começa a piscar em volta. Há flashes de luz...

IRUPDV H FRUHV VH WUDQVIRUPDP UDSLGDPHQWH! R WHPSR SDUHFH GLPLQXLU DWH VH DUUDVWDU. H DJRUA?!

MABEL FALA

— **Dipper, esse é o tipo de situação** que exige sutileza, charme e Mabelidades em geral – Mabel afirma, antes de trotar com Corcel-Biscoito-Negro-Lindo até o trem. – PESSOAS DE CALAMIDADE LIMITADA! – ela grita. – Desculpem interromper a viagem! Não estamos aqui para causar danos a vocês nem aos seus corpetes ou sobretudos fabulosos! Tudo o que buscamos é um simples objeto que um de vocês possui. Temos a vossa permissão para subir a bordo do trem e discutir o assunto? – Mabel examina a tripulação. – Possivelmente com chá e bolinhos?

Os passageiros olham entre si, concordando.

– Não vemos por que não! – grita uma passageira de volta.

– Para ser honesta, parece até agradável! – grita outra.

– Muito obrigada, anjos maravilhosos! – a garota agradece, antes de entrar a bordo com Dipper e Blendin.

Mabel anda pelo corredor do trem, fazendo questão de elogiar tantos passageiros quanto consegue.

– Olá! Ei, oi! Ooooh, olha para o seu bigode! Que chapéus lindos vocês estão usando! Isso aqui é um espartilho? O QUÊÊÊÊ? – ela diz.

Os passageiros sorriem para Mabel, conforme ela passa por eles.

Um garotinho corre até ela.

– Srta. Dama Bandida, você poderia, por favor, levar o relógio do meu papai?

Outra criança corre e abre caminho entre ela e o outro garotinho.

– Leve o relógio do *meu* pai! – ele diz.

– Se comportem, vocês dois! Leve o *meu* relógio! – grita um homem.

– Garotos, garotos, acalmem-se! – diz Mabel. – Eu não quero nenhum dos seus pertences, exceto essa chave! – Mabel desenrola o mapa do tesouro e lhes mostra a Chave do Tempo.

Todos concordam.

Um homem dá um passo à frente e diz:

– Eu conheço essa chave que você procura! Um homem com vestimentas bufantes e relógios na barba veio a bordo desse trem. Antes de desaparecer, me contou sobre tal chave e disse que estava preocupado que talvez ela fosse mal-assombrada, então a vendeu para alguém na vila. Não me lembro para quem, exatamente. Mas a chave está na vila!

– Ahhh, carambolas – Mabel suspira, virando-se para ir embora.

– Espere, não vá! – pede um homem.

– É, fique! Fique conosco! – diz uma passageira. – Nunca havíamos conhecido uma bandida tão educada e charmosa!

– Ahhh, eu agradeço, pessoal, mas preciso mesmo encontrar essa chave! – diz Mabel.

– Ah, vamos lá, que tal só tomar uma salsaparrilha? – implora o garotinho. – É uma bebida estranha, nostálgica, feita de uma raiz, que inexplicavelmente amamos!

Mabel olha para Dipper.

Dipper faz um sinal negativo com a cabeça.

Mabel olha de volta para os rostos sorridentes dos passageiros.

Uma garotinha puxa a saia de Mabel.

– Oh, caramba. O que devo fazer? – pergunta Mabel.

FICAR PARA SALSAPARRILHAS: VÁ PARA A PÁGINA 195.

EDUCADAMENTE RECUSAR E VOLTAR PARA A CIDADE: VÁ PARA A PÁGINA 263.

DUQUES DO TEMPO

— Somos dos Duques do Tempo! — diz Dipper.

– Isso é fantástico! – Davy Tempo-Jones exclama.

Dipper, Mabel e Blendin soltam longos suspiros de alívio.

– Porque isso significa que posso desfrutar enquanto bato em vocês até virarem pasta! – Davy Tempo-Jones levanta seu tapa-olho e revela um relógio no lugar de olho no qual se pode ler – REIS DO RELÓGIO PR4 VID4.

– Caramba – diz Dipper. Ele se esquiva e consegue desviar de uma tigela cheia de chilli.

Os gêmeos pegam tudo que conseguem e arremessam contra o Pirata do Tempo. Mabel joga um punhado de brócolis cru; Dipper lança uma fatia de presunto. Ambos acertam o rosto de Davy Tempo-Jones, que cerra os punhos e treme de raiva. – REIS DO RELÓGIO! REÚNAM-SE! VAMOS ACABAR COM ESSES DUQUES DO TEMPO MISERÁVEIS!

Todos os outros Reis do Relógio param o que estavam fazendo e cercam Blendin e os gêmeos. De repente, um tiro de arma laser é disparado e todos ficam quietos. Em pé no balcão está o diretor da prisão, com uma arma fumegante em sua mão. Todos permanecem parados.

– Bom, vocês sabem que gosto de manter esta Infinitenciária em ordem – afirma o diretor. – Se alguém sai de linha, não vejo problema algum em desenvelhecer o sujeito usando minha pistola reversível de tempo. Sim! – O diretor saca a arma e aponta para um presidiário idoso barbudo.

Imediatamente, o presidiário reverte de idade, ficando mais e mais jovem, até se tornar um bebê que balbucia e rola, trajando um macacão listrado. Todos ficam em choque.

– Então, a menos que todos vocês queiram virar bebezinhos agora, sugiro que entreguem o baderneiro que começou essa briga – ordena o diretor da prisão.

Cem presidiários apontam para Dipper, Mabel e Blendin.

O bebê começa a chorar alto.

– Vocês aí, as três maçãs podres, que tal passar um tempo no confinamento da solitária? – pergunta o diretor.

– Oooh, uma promoção! – Mabel se anima.

– Não exatamente – o diretor esclarece, surgindo ao lado deles. Ele aponta a arma e leva o trio até a parte escura da prisão, jogando-os em uma cela individual e a trancando em seguida.

– Espera, quer dizer que estamos presos para sempre nessa prisão? – pergunta Mabel.

– Sim, estamos – Blendin responde. – Mas... tem um jogo divertido que inventei sozinho, chamado "Risque os dias na Parede"! Para jogar, basta pegar uma pedra e riscar uma linha na parede – complementa Blendin, enquanto faz o que diz. – Pronto, aqui está um, que é para hoje. Agora, temos de fazer isso de novo amanhã e, bem... todos os dias, para o resto de nossas vidas. Querem jogar comigo? É um jogo totalmente original que só eu conheço!

– Não – diz Mabel. – Estou tranquila.

– Eu deveria ter dito Reis do Relógio – murmura Dipper, riscando uma linha na parede.

Para o trio, parece que é o...

FIM.

DAR DOS HUNTHOU PARA ALGUÉM QUE PRECISE DELE

— **Certo, vou apenas dizer o que todos** estão pensando e falar que esse cara cheira... nada bem - diz Mabel. - Voto em entregarmos Dos Hunthou para alguém que precise dele.

- Concordo - Dipper responde.

- Eu também - diz Blendin.

- Então está resolvido. Mas quem nós conhecemos que pode precisar de um criado? - pergunta Mabel.

Blendin recebe uma ligação e atende:

- Ei, mãe! NÃO. Não, ainda não peguei nenhum gato do tempo. NÃO. Eu estou com uns amigos, mãe. Não, eles não são imaginários, eles são de verdade dessa vez! NÃO, não posso te ajudar agora. Estou ocupado, ok? Para de encher o meu tempo!

Blendin desliga o telefone.

– Desculpem, pessoal. Às vezes, minha mãe me liga e, tipo, ela é muito exigente. Se eu tivesse dois de mim, poderia atender a todos os pedidos dela e não precisaria caçar esse tesouro estúpido.

Dipper e Mabel se olham.

– Bem, isso parece uma solução convenientemente estranha – o garoto reflete.

Mabel faz um aceno afirmativo com a cabeça e diz:

– Sr. Hunthou, encontramos um mestre para você servir: Blendin!

Blendin fica boquiaberto:

– E-e-e-e-e-e-e-e-e-eu? Sério, pessoal?

– É, acho que vocês podem facilitar a vida um do outro – diz Mabel. – Ele pode te ajudar com a sua mãe e você pode ensiná-lo a ter uma vida que não seja servindo as pessoas. Vocês podem até alugar um apartamento juntos e fazer disso um reality show de TV! Além disso, estou meio cansada dessa caça ao tesouro. Queria mesmo era estar na frente da TV agora.

– É, TV parece uma ótima ideia – Dipper concorda. – É, aproveite sua vida, Blendin!

– Obrigado de verdade, pessoal. Isso realmente vai mudar tudo! – Ele dá um enorme abraço em Dipper e Mabel.

– Por favor, não toque na gente novamente – diz Dipper.

– Concordo! – a irmã completa.

Dipper e Mabel pegam a fita métrica do tempo. Eles olham pela última vez para Blendin, que está perguntando a Dos Hunthou se ele quer brincar de pega-pega. Dos Hunthou diz que sim. Blendin está tão feliz que seus joelhos estalam.

– Bem, ainda temos a chave! – o gêmeo exclama. – Você quer pegar o Tesouro do Tempo?

– Espera, onde está a chave? – pergunta Mabel.

– Pensei que estivesse com você! – diz Dipper.

Ambos se viram e percebem que, enquanto conversavam, um alienígena gambá que salivava muito pegou a chave e saiu em disparada na direção da multidão.

– Droga! – diz Mabel. – Bem, não conseguimos nenhum tesouro, mas ainda assim acho que foi uma experiência valiosa.

– Provavelmente não tão valiosa quanto o Tesouro dos Piratas do Tempo – suspira Dipper.

– Definitivamente não – a irmã concorda.

Eles puxam a fita métrica do tempo e vão para casa.

FIM.

EMBARCAR EM UMA AVENTURA NAS MINAS

— Obaaa, quero ir para as minas — diz Blendin. – Sempre sonhei em ser um mineiro! Passar os dias embaixo da terra! Conversando com toupeiras! Trabalhando com as mãos!

Mabel dá um tapinha nos ombros de Blendin e fala, sorrindo:

– Que homem estranho você é.

– Bom, espero que o garimpeiro das minas tenha a Chave do Tempo! – Dipper pondera.

O grupo carrega seus pertences em mulas e vão para fora da cidade.

Um vento seco desloca o ar, enquanto eles se aproximam da mina em silêncio.

O lugar parece abandonado.

– Realmente, parece bem legal aqui – diz Dipper. – Você sabe, antes do tráfego e da tecnologia estridente, dava para aproveitar de fato o silên...

BLAM!

As mulas se assustam com o som de um tiro e se escondem atrás de uma rocha.

Na entrada da mina, um garimpeiro velhaco, com uma barba longa e chapéu frouxo emerge das sombras, segurando um revólver. Ele parece muito familiar...

– Velho McGucket? – pergunta Dipper.

– Nah, meu nome é Jugsley! – berra o garimpeiro com uma voz quase idêntica à do Velho McGucket. – Mas nós, caipiras, somos todos meio parecidos, então eu não culpo ocê pelo erro! – Ele os examina ceticamente. – Quem são ocêis? Mineiros desonestos? Pedintes? Tatus vestidos com roupas de gente? – Ele atira para cima e depois ginga freneticamente, soltando sons sem sentido.

Blendin e Dipper se entreolham.

Mabel dá um passo à frente:

– Ei, olá. Aqui é a Mabel. Primeiro deixe-me dizer que esse chapéu é incrível.

O garimpeiro abaixa a arma.

– Estou escutando – ele diz.

– Não somos mineiros desonestos, nós prometemos – a garota assegura. – Não temos interesse nenhum em levar o seu ouro ou prata... ou... – ela olha em volta. – O que vocês mineram aqui?

– Boro! – o homem responde, dando um tapa no joelho.

– Certo. Definitivamente não queremos nada do que seja lá o que for isso – diz Mabel. – Estamos procurando uma chave. Uma chave velha, sem valor, que alguns amigos nos disseram que pode ter sido negociada com você.

O garimpeiro lhes lança um olhar perspicaz.

– Espera, acho... O homem usava uma roupa toda chique e bufante e tinha uma barba com uns relógios enroscados nela?

– Sim! – Mabel diz a Jugsley. – Parece correto!

– Macacos me mordam! – o homem responde. – Esse cara veio aqui e negociou comigo essa chave que vocês procuram! Venham! – Jugsley os leva para dentro das minas de boro. Há pilhas de roupas, relógios de bolso e chapéus de todos os tamanhos e formatos.

– Algo aqui parece muito suspeito – Blendin sussurra para os gêmeos.

– É, de onde veio tudo isso? – Mabel sussurra.

– E o que aconteceu com os donos disso aqui? – sussurra Dipper. – Percebi que Jugsley parece estar piscando e involuntariamente engolindo em seco com muita frequência.

Blendin segura Dipper e Mabel e sussurra:

– É hora de ir.

Os gêmeos trocam olhares.

Jugsley os leva até uma bifurcação na mina.

– A chave que estão procurando está ali embaixo, nesse buraco escuro e medonho – ele diz, fazendo um gesto para um túnel curto, que termina em um buraco.

Dipper e Mabel engolem em seco.

– Tem certeza? – pergunta Dipper. – Não acha que é melhor a gente ir pelo outro túnel? Sabe... aquele com lanternas e que parece mesmo levar a algum lugar?

O garimpeiro sorri com olhos agitados:

– Não, vá pela direita. Nunca aconteceu nada de ruim com quem desceu por aí! É só ignorar os ossos que parecem ser de humaaaanos! – Ele solta um barulho alto e lambe os lábios.

Os amigos se aproximam, cautelosos.

– Pessoal, esse trabalho insano e horripilante é a definição de suspeito – diz Dipper. – Ele provavelmente vai nos nocautear com uma picareta e roubar todos os nossos pertences. Ou algo do tipo.

– É, ele me dá calafrios – Blendin responde. – E eu sei como é isso! No colégio, ganhei a votação de quem que mais dá calafrios nos outros!

– Vamos lá, galera, se tem algo que aprendemos aqui é que nunca devemos fazer a escolha óbvia – Mabel afirma.

– Devemos confiar nesse maníaco ou insistir em ir pelo outro lado? – pergunta Blendin.

Então? O que eles devem fazer?!

CONFIAR NO GARIMPEIRO:
VÁ PARA A PÁGINA 236.
IR PELO OUTRO LADO:
VÁ PARA A PÁGINA 60.

EDUCADAMENTE RECUSAR E VOLTAR PARA A CIDADE

Dipper lança um olhar severo a Mabel, que suspira:

– Ah, tá bom. Me desculpem, pessoal, mas eu realmente tenho que ir!

– Ahhh, não nos abandone! – pede um passageiro. – Nós estamos encantados com sua conduta tão alegre!

– Leve ao menos uma lembrancinha com você, para se lembrar de nós! – diz uma criança com uma janelinha nos dentes. – Tipo meu chapéu!

– Eh, hum, claro. Claro! – a garota agradece.

– É, e leve minha picareta! – oferece um garimpeiro imundo, com o olhar selvagem.

– E um pouco das minhas tortas! – diz uma confeiteira.

– E a minha pistola, que está livre de impressões digitais! – acrescenta um passageiro vestido completamente de preto, cujos olhos se movem rapidamente de modo suspeito.

Um a um, todos os passageiros dão a Mabel um presente para que ela se lembre deles e, quando sai do trem, a menina está carregando uma bolsa enorme e pesada, repleta de suvenires. O grupo segue o caminho de volta à vila. Um pouco antes de chegar, Mabel para e derruba a bolsa falando:

– Pessoal, sei não até quando vou conseguir carregar isso aqui.

– Ótimo. Então, que tal a gente jogar tudo fora? – o irmão sugere.

– O quê? Nunca! – Mabel exclama. – Cada lembrancinha é um símbolo de amor! E tem algumas mariposas dentro dessa bolsa que até já nomeei!

Dipper resmunga.

– Ei, ei, ei, há outra solução! – diz Blendin. – Posso abrir um *esconderijo do tempo*. Ele muda as configurações de uma de suas armas laser e atira, causando uma explosão que abre um portal. Ele pega a bolsa de presentes e a arremessa pelo portal.

– Uau, é só isso? – pergunta Mabel.

– É como um espaço de depósito. Você pode guardar matéria no espaço entre várias linhas do tempo – explica Blendin.

– Que nem quando o Tivô Stan guarda dinheiro nas paredes! – diz Mabel.

– Ou o jeito que Lazy Susan esconde bacon na massa da torta! – acrescenta Dipper.

– Vamos colocar nossos disfarces de bandidos aqui para guardá-los com segurança, caso precisemos deles novamente! – Mabel arremessa a bandana e o bigode e os observa flutuar no espaço.

Dipper e Blendin fazem o mesmo com seus bigodes e bandanas.

– Então, é só pegarmos nossas coisas depois? – pergunta Dipper.

– Sim! – exclama Blendin. – A menos que... que... ah, nossa. – Blendin ajusta os botões de sua arma laser. – Ok, pequeno problema. Talvez eu tenha esquecido de programar as coordenadas, então... todos os objetos se perderam para sempre.

– O quê? – berra Mabel, fazendo uma cara feia. – Meus tesouros preciosos!

– É, eu meio que pisei feio na bola dessa vez – diz Blendin. – Que tal a gente simplesmente voltar para a vila e brincar com alguns animais de fazenda?

Mabel encara Blendin.

– Você tem sorte que eu gosto de filhotes de cabras – ela diz, cerrando os dentes.

– Eu queria saber o que vai acontecer com todas aquelas coisas – o gêmeo reflete.

– Ah, eu não sei. Provavelmente tudo irá flutuar pelo éter do espaço-tempo como uma garrafa no oceano, vagando desesperançosamente, até que seja levado pelas margens do tempo de alguma praia temporal – Blendin explica. Ele dá um tapinha nas costas de Mabel.

– Adeus, amigos! – ela diz para o espaço vazio onde o portal estava antes.

Eles caminham de volta para a vila.

– Bem, o que devemos fazer agora? – pergunta Mabel. – Estou aberta a qualquer opção, contanto que eu possa continuar a fazer novas amizades nostálgicas!

EMBARCAR EM UMA AVENTURA NAS MINAS: VÁ PARA A PÁGINA 259.
ENFRENTAR OS FORAS DA LEI NA TABERNA: VÁ PARA A PÁGINA 241.

DEIXAR BLENDIN PARA TRÁS

— **Mabel, isso foi longe demais.** – Dipper bate o punho dentro da palma da mão. – Além disso, *Patotive* está voltando para uma nova temporada e eu não quero perder – ele diz, enquanto anda pela areia até um lugar embaixo da porta do tempo.

– Acho que você tem razão – a irmã concorda. – Foi mal, Blendin! De toda forma, obrigada pelo dia divertido!

Blendin fica cabisbaixo, enquanto os Piratas do Tempo riem barulhentamente e o arrastam a bordo do galeão. Eles começam a arrumar a prancha.

Dipper ajuda Mabel a alcançar a porta do tempo e, em seguida, vai atrás dela, saindo da praia e voltando ao quarto espaço dimensional intermediário.

– Bom, eu me sinto ótimo em relação a essa decisão – diz Dipper, enquanto tira a areia das mãos. – Agora, hum... Como é que nós vamos voltar para o nosso próprio tempo?

– Como assim você não sabe? – pergunta Mabel. – Humpf, eu sabia que nós deveríamos ter feito a coisa certa. – Irritada, ela chuta a parede temporal flutuante.

A corrente do tempo suga o sapato do seu pé:

– Argh! E agora meu sapato favorito se perdeu no período pré-guerra Civil dos Estados Unidos.

Dipper está cutucando as paredes do tempo.

– Acho que, se nós conseguimos encontrar nosso próprio tempo, podemos simplesmente pular de volta para ele através da parede. Tem que ter algo por aqui, em algum lugar.

Mabel também está procurando.

– Tipo aqui! Acho que escutei o Tivô Stan! – a garota se anima.

– Sim, isso provavelmente irá funcionar – o irmão responde. Ele vai em sua direção para verificar novamente se é o lugar correto, mas Mabel tropeça no sapato que restou e ambos caem em uma corrente temporal, rolando até... a França aristocrática.

Os gêmeos estão dentro de uma mansão resplandecente dos anos 1700.

– *Quelle domage*! – grita um homem de peruca cheio de pó branco no rosto.

– *Mon Dieu*! – grita sua esposa.

O casal, em pânico, foge dos gêmeos, deixando Dipper e Mabel sozinhos em um quarto cheio de queijos sofisticados. Os irmãos os experimentam.

– Uau, são realmente muito bons – diz Mabel.

– Eu que o diga! – o garoto concorda.

– Nós certamente escolhemos um ótimo lugar para ficarmos presos para sempre – ela diz.

– Mmmmm-hmmmm! – Dipper balbucia, com a boca cheia de queijo.

Os gêmeos acabam aprendendo a falar francês e vivem o resto de suas vidas como aristocratas... Até ficarem do lado errado da revolução e basicamente se tornarem parte daquela história famosa sobre as pessoas miseráveis. Você sabe, aquela com músicas e camponeses, em que tudo é sobre os miseráveis. Acho que ela é chamada de *Os Miseráveis*.

FIM.

COMPRAR O VEÍCULO CAPENGA

— **Sabe de uma coisa, Dipper?** Melhor não arriscar nossas chances – diz Mabel, colocando a mão em cima do quadrado da probabilidade. – Acordei hoje e meu cabelo não estava legal e normalmente, quando isso acontece, significa que eu também não vou ter um dia de sorte.

Blendin solta um grande suspiro de alívio.

– Acho que podemos tentar o veículo capenga – Dipper afirma.

– Bem, parte de mim que vive pela emoção das apostas está completamente triste em escutar vocês dizendo isso! – responde Glorglax Gleeful. – Mas a parte de mim que quer que os clientes saiam daqui felizes está tranquila! A parte ciborgue está neutra. – O ciborgue de vendas retira o lençol de cima de um veículo muito imprestável, enferrujado, e repleto de poeira. Criaturas alienígenas parecidas com gambás saem fugindo de dentro dele. – Ele não possui tanques à prova de perfurações, mas deve servir. Vou pegar a papelada e organizar tudo para que seja enviado para a corrida. Quem vai pagar?

Os gêmeos empurram Blendin para a frente.

– Isso é responsabilidade desse cara! – Dipper responde.

Mabel se inclina na direção de Blendin e sussurra:

– Não se preocupe, vamos conseguir o dinheiro de volta.

– Nós sempre ganhamos. Você está do lado dos heróis agora – o garoto assegura.

Blendin vai tropeçando até o escritório para assinar os papéis.

✦✦✦

– SENHORAS E CIBORGUES, BATAM SEUS INÚMEROS APÊNDICES NOJENTOS PARA A CORRIDA ESPACIAL DE 207̃05, PATROCINADA PELA PITT COLA EXPLOSÃO EXTREMA: O REFRIGERANTE QUE É CONSCIENTE DA DOR QUE VOCÊ SENTE QUANDO TOMA!

O rugido de mais de 100 mil criaturas de todos os lados da galáxia faz o chão tremer quando os gêmeos pisam na arena. Na entrada de um enorme cânion, há cinquenta veículos espaciais flutuando, debaixo do sol do meio-dia. Os pilotos estão ocupados, fazendo ajustes finais em seus veículos.

Blendin corre até os gêmeos.

– Tudo certo – ele diz. – Então, eu inscrevi a gente na corrida e fiz um acordo com o Imperador Snorgshnog, o atual dono de Dos Hunthou.

Se ganharmos, ele irá libertar Dos Hunthou, que poderá nos dizer onde encontrar a Chave do Tempo. Contudo, se perdermos, teremos de trabalhar no seu cassino espacial, trajando biquínis metálicos para o resto de nossas vidas! Fato que, eu devo dizer, não é muito empoderador! – Blendin faz um gesto na direção do Imperador Snorgshnog, que está assistindo a tudo com óculos de ópera, de uma arquibancada flutuante particular.

Além do imperador, há um homem careca, maltrapilho, sem camiseta, com uma corrente em volta do pescoço, com uma enorme cicatriz em formato de ampulheta em seu rosto. Ele respira erraticamente, como um animal acorrentado. Na corrente em volta de seu pescoço, há os dizeres DOS HUNTHOU.

– Cara, o futuro é um lugar estranho – Dipper começa. – E eu realmente gostaria que o meu refrigerante parasse de gritar comigo.

– Ele despeja sua Pitt Cola, que está gritando, enquanto pega o capacete de corrida e começa a entrar no veículo.

– Ei, ei, ei – diz Mabel. – O que te faz pensar que é você quem vai dirigir?

– O quê? Mabel, eu sempre te derroto nos jogos de corrida. Além disso, não começo a dançar toda vez que o Sem Parar toca no rádio – o irmão responde.

– Viiiiish, você tá viajando! Isso claramente é um trabalho pra Mabel – ela diz, colocando o capacete. – Quem aqui é a melhor em andar de bicicleta?

– Ei, isso não é culpa minha! É só porque tenho pernas curtas e elas não alcançam os pedais! – o gêmeo tenta se defender.

– PESSOAL! A corrida já vai começar. Vocês precisam escolher um piloto! – Blendin avisa.

Os gêmeos olham para ele.

– E se você escolhesse? – Dipper pergunta.

– Oh, droga. Hum...humm... – Blendin balbucia.

DIPPER DIRIGE: VÁ PARA A PÁGINA 119.
MABEL DIRIGE: VÁ PARA A PÁGINA 110.

BLOQUEAR O CAMINHO

— Estou me sentindo irracionalmente confiante! – diz Dipper. – Me dá a arma laser!

Blendin arremessa uma arma laser para Mabel e outra para Dipper, que a pega, gira em volta de seus dedos e então atira nas rochas acima do túnel.

BLAM!

Uma bola de energia azul reluzente sai da arma e percorre na direção do penhasco, acertando-o em cheio. As rochas explodem como fogos de artifício e caem em cascata, bloqueando o caminho. O maquinista rapidamente puxa o freio e o enorme trem derrapa, começando a diminuir a velocidade.

– Acertei em cheio! – Dipper exclama, antes de perceber que a arma laser está extremamente quente. – Ai, quente-quente-quente! – ele grita, fazendo malabarismos com a arma vermelha escaldante e, em seguida, chupando o próprio dedão.

O trem para completamente e Mabel atira com sua arma laser para cima, chamando a atenção dos passageiros. Eles se reúnem nas janelas e, ao examinarem Dipper, Mabel e Blendin, se juntam, morrendo de medo. Alguns começam até mesmo a chorar.

– Hum, o que faremos agora? – pergunta Dipper. – Eu deveria falar? Você quer falar?

– Não sei! Não havia pensado nisso ainda! – diz Mabel. – Fale alguma coisa!

– Não, fale você! – o irmão retruca.

– Pessoal, eu vou dizer alguma coisa! – Blendin tranquiliza os irmãos.

Mabel olha para ele e diz:

– Humm, acho que é hora de os adultos cuidarem disso. – Ela faz um gesto para si mesma e Dipper. – Então, quem vai ser, Dipper? Estamos começando a perder nossa audiência!

– Hummm… hummmm… – o irmão balbucia.

DIPPER FALA: VÁ PARA A PÁGINA 80.
MABEL FALA: VÁ PARA A PÁGINA 251.

DESCUBRA A OPINIÃO DA PLATEIA

Dipper, Mabel e Blendin observam enquanto quarenta mãos pegam em armas.

– UUUUUHHHHHHHH! – grita a plateia, enquanto todos atiram desenfreadamente para o ar.

Joe Olhos Selvagens se aproxima do palco.

– Crianças, esse foi o melhor e mais incrível show que já vi na vida – ele diz. – Aqui está o dinheiro de vocês! – Ele entrega um maço de notas antigas do Banco União. Nelas, há a imagem de uma águia sendo atirada de um canhão e um pergaminho onde se lê CARGA DE AVENTUREIROS. – Ei, todo mundo! Vamos dar dinheiro pra essas crianças!

Em seguida, a plateia inteira começa a lhes jogar notas e moedas.

– Vocês vão fazer um bis? – pergunta Joe Olhos Selvagens.

Dipper e Mabel olham um para o outro.

– Dipper – diz Mabel de canto –, temos uma missão aqui, lembra? Temos que ver se eles têm a Chave do Tempo.

– SIM! SIM, SIM, SIM! – grita Blendin enquanto agarra as notas. Ele se inclina na direção dos gêmeos e sussurra: – Nunca recebi tantos aplausos em toda a minha vida. Vocês têm que me ajudar a fazer isso de novo!

Dipper olha para Mabel e encolhe os ombros, falando:

– Não vejo por que não. Quero dizer, estão nos inundando com dinheiro! E olha essa moeda de cinco centavos. Tem a imagem de um rato piscando!

Eles começam de novo e se apresentam pela segunda vez.

A plateia vai à loucura.

– Não deveríamos parar? – pergunta Mabel após a décima apresentação. – Minhas pernas estão inchadas e cansadas de tanto dançar a quadrilha.

Dipper olha para Blendin, que está sorrindo de orelha a orelha.

– Sei não, Mabel – ele diz. – Blendin parece... realmente muito feliz. Talvez pela primeira vez na vida. E se ele estiver bem melhor aqui, no Velho Oeste, como um artista itinerante esquisitão?

– Pessoal, pensei que um tesouro ia consertar tudo na minha vida, mas encontrei algo ainda melhor: os aplausos de criminosos desdentados – Blendin desabafa. – Aqui, peguem minha fita métrica do tempo e meu dinheiro e voltem para casa! – E entrega a fita métrica do tempo e o dinheiro dos foras da lei nas mãos dos gêmeos.

– Oba! Dez dólares – diz Mabel franzindo as sobrancelhas.

– Vou ler sobre você nos livros de História – diz Dipper a Blendin. – Digo, se é que você não alterou o tempo completamente escolhendo ficar aqui – ele adiciona, rindo. – Mas o que é o pior que poderia acontecer?

Os gêmeos acenam e puxam a fita métrica, retornando para a Cabana do Mistério, onde encontram o Tivô Stan sentado no sofá, vendo TV, como de costume.

– Onde vocês estavam, crianças? – Tivô Stan pergunta.

– Se nós contássemos, você não iria acreditar – diz Dipper com um sorriso malvado.

– Sério? Vamos lá, contem – Stan pede. – E por contar, na verdade eu quis dizer ZRSKRUAD SLKDH SDUIFH HVEE SCRUK SHDOIS

SNARGHHH CHAAAAAAAA! – Stan grita, enquanto tira a máscara, revelando uma cabeça reptiliana horrível.

Os gêmeos gritam.

É tarde demais.

O futuro foi dominado pelo povo reptiliano.

Meus parabéns, leitor.
Honestamente, os gêmeos deviam saber que isso ia acontecer.

FIM.

REIS DO RELÓGIO

— Somos dos Reis do Relógio! — diz Dipper.

Davy Tempo-Jones o encara:

– IRMÃO! – ele berra, abraçando Blendin e os gêmeos com um de seus braços enormes. – Sempre precisamos de mais Reis do Relógio. Você vai ficar superempolgado ao ver isso. – Ele levanta o tapa-olho e revela que, no lugar do olho, tem um relógio, no qual estão gravadas as palavras: REIS DO RELÓGIO PR4 VID4.

– Oooh, que legal – diz Blendin.

– Brilhante! – Mabel completa.

– Isso serve para algum propósito? – pergunta Dipper.

Mabel dá uma cotovelada na barriga dele.

– Eu estava preocupado em ter que acabar com vocês – confessa Davy Tempo-Jones. – Mas agora que sei que posso confiar a minha vida em suas mãos, o que acham de me ajudar a dar a esses Duques do Tempo o que eles merecem? – Ele levanta o punho no ar. – É HORA DA GUERRA DE COMIDA DAS NOSSAS VIDAS!

Dipper, Mabel e Blendin encolhem os ombros e o seguem para a batalha. Eles pegam qualquer comida que conseguem encontrar e começam a atirar nos Duques do Tempo. Mais Reis do Relógio chegam para ajudá-los. Um deles inclusive mergulha e pega um monte de mostarda para Mabel.

– Nossa! Quem diria que dá para conseguir tantas amizades só por fingir que gosta das mesmas coisas que alguém? – Mabel reflete.

Com a ajuda dos gêmeos e de Blendin, Davy Tempo-Jones vence os Duques do Tempo em uma vitória formidável antes dos guardas da prisão separarem a rebelião. Um dos guardas atira em um Duque do Tempo com uma pistola reversível de tempo que reverte a idade, transformando-o em um bebê na frente de todos. Os Reis do Relógio riem e fazem um "toca aqui".

Davy Tempo-Jones dá um grande sorriso a Dipper, Mabel e Blendin.

– Irmãos, estou fortemente impressionado com as suas habilidades em rebeliões com comida. Como vocês se chamam?

– Eu sou Dipper Pines e essa é a minha irmã gêmea, Mabel. E esse é o Blar-Blar. Quero dizer, o Blendin.

– Prazer em conhecer os três! – diz Davy Tempo-Jones. – Acho que vocês poderiam ser ótimos cúmplices em um pequeno projeto que meus amigos Reis do Relógio e eu estamos trabalhando. – Ele se inclina na direção deles. – À meia noite, estejam com suas malas prontas para irmos – ele sussurra antes de sair em direção à sua cela.

Mabel vira para Blendin e pergunta:

– Hum, o que foi isso?

– Você não percebeu? – sussurra Blendin. – Ele e a sua gangue vão forjar uma fuga da prisão e nos convidaram para participar! – Ele sorri. – Essa é a primeira vez que fui convidado para participar de algo!

Um guarda tranca os gêmeos e Blendin em suas celas.

– Nós ganhamos a confiança dele agora! – Blendin sussurra. – Somos praticamente Piratas do Tempo!

– E, com sorte, se o ajudarmos a fugir, ele irá nos dizer tudo sobre a Chave do Tempo! – Dipper afirma.

Os três fazem um "toca aqui" e vão descansar antes da grande fuga.

À meia-noite, todas as celas estão em silêncio.

Um guarda soa um apito e bate o cassetete pelas barras brilhantes das celas.

Os gêmeos e Blendin estão sentados, acordados, prendendo as respirações.

– Por que esses caras tão demorando? – sussurra Mabel.

Eles escutam sons de uma briga e veem o guarda pegar sua pistola reversível de tempo, espiando pelos corredores. De repente, uma enorme língua saída de algum lugar o ataca, agarrando-o subitamente. Os gêmeos escutam apenas o grito, seguido do barulho de seus ossos sendo quebrados. Um pouco depois, Davy Tempo-Jones e o camaleão antropomórfico passam, caminhando devagar, com a chave do guarda e os libertam.

– Irmãos, esse é o Chamillacles – diz Davy Tempo-Jones, apresentando o camaleão. – Ele é ótimo em se camuflar, assim como em descamar a pele, o que é bem nojento, então, só ignorem isso. Contudo, ele fala somente Gleep-Glorp, então qualquer coisa que quiserem dizer a ele, terei de traduzir. Enfim, vamos, Reis do Relógio! Eu tenho um carro de fuga nos aguardando!

Os gêmeos e Blendin saem correndo da cela, mas, enquanto estão fugindo, percebem que um guarda conseguiu se arrastar na direção da porta para alcançar o botão do alarme.

Chamillacles golpeia a mão do guarda com sua língua comprida, mas é tarde demais.

BAAAAAMMMM! BAAAAAMMMM! BAAAAAMMMM!

O alarme soa e a prisão inteira fica inundada de luzes vermelhas piscantes.

Pela janela, a gangue vê uma nave acelerando para longe da prisão.

– Nosso carro de fuga! – berra Davy Tempo-Jones. – Está fugindo! O que faremos agora?

Um guarda os alcança, mas Chamillacles, com um movimento rápido de sua língua, o pega, lançando-o em direção a Davy Tempo-Jones.

BLAM!

Mais três guardas correm e sacam suas armas.

Davy e Chamillacles seguram ambas as cabeças dos guardas e as batem juntas, nocauteando-os.

Dipper observa os guardas inconscientes:

– Pessoal! E se pegássemos os uniformes deles para fingir que somos guardas? Eu vi isso dar certo em muitos filmes!

– Os guardas têm um sistema de teletransporte para dentro e para fora da prisão. Poderíamos usar isso! – Davy Tempo-Jones completa.

Mabel, que roubou um mapa de um dos guardas, aponta para uma sala próxima, intitulada como NAVES PARA FUGA. – Ou, e se roubássemos uma dessas aqui para voar de volta à Terra? – a garota sugere.

– Quero dizer que estou feliz só por participar disso tudo! – grita Blendin.

Todos o ignoram.

Davy Tempo-Jones olha para os gêmeos.

– O que vocês acham que devemos fazer, irmãos? REIS DO RELÓGIO PARA VIDA!

SE DISFARÇAR DE GUARDAS PARA FUGIR: VÁ PARA A PÁGINA 28.
ROUBAR UMA NAVE: VÁ PARA A PÁGINA 206.

DERRUBAR A PONTE DE COMANDO

— Sinto muito, Sr. General Lagosta! — diz Mabel. – Mas vamos ter que derrubar você! – Ela guia a espaçonave na direção da enorme nave.

Dipper atira com o laser a bordo, destruindo um enxame iminente de droides robôs.

– Agora! – ele grita.

Mabel abre a tampa de um botão vermelho brilhante e o pressiona com força.

Os tanques de combustível são disparados na direção da ponte de comando, aparentemente em câmera lenta.

– *Gleem glom glor glom glee glee!* – diz Chamillacles.

– Ele está dizendo que temos trinta segundos para fugir antes que os tanques a atinjam e explodam! – Davy Tempo-Jones informa. – Mas como foram dez segundos só para eu explicar isso, então significa que nós temos quinze segundos agora, repito, dez segundos!

– Chega de matemática! – Mabel grita. Ela liga os propulsores e eles fogem rapidamente enquanto a nave explode logo atrás! Relógios e dodôs e cavaleiros e caubóis irrompem da explosão. Um tiranossauro rex passa flutuando graciosamente pela janela, agitando seus pequenos bracinhos.

– Eita, por que isso aconteceu? – pergunta Dipper.

– Essas naves usam tempo como combustível! – Blendin explica. – Portanto, nós causamos uma explosão temporal!

Todos fazem um sinal afirmativo com a cabeça.

– Sim, isso faz sentido – diz Mabel com um sorriso.

– Não, explosões temporais são ruins! – berra Blendin. – O *Titanic* está flutuando em nossa direção!

– Não se preocupe – Mabel assegura. – Li metade de um livro sobre o *Titanic* e sei que, no final, tudo dá certo pra esse pessoal!

De repente, o *Titanic* COLIDE com a espaçonave!

Quais são as chances?

Para os nossos heróis, parece que é o...

FIM.

RENDER-SE

— **Blendin, me dá uma das suas armas!** – Dipper grita.

Blendin arremessa uma a ele, e Dipper a ativa. Em seguida, coloca o dedo no gatilho, o que faz os policiais pararem.

Mabel suspira.

– Dipper, espere! O que vamos fazer, passar o resto de nossas vidas como foras da lei? – ela pergunta.

Dipper coça o queixo e responde:

– Estou aberto à possibilidade.

– É pior do que morar com a minha mãe – diz Blendin.

Mabel faz um sinal negativo com a cabeça.

– Nós devemos nos render. É a coisa certa a se fazer – ela diz. – Além disso, cavalgar faz o meu traseiro doer.

– Ah, tudo bem – Dipper concorda. Ele desliga a pistola laser.

Com suspiros pesados, Dipper, Mabel e Blendin levantam as mãos e caminham para a frente.

O xerife e sua equipe prendem e algemam os três, tirando a arma laser de Dipper.

– Bem, ooooopa! Parece que capturamos um bom e velho grupo de bandidos – afirma o xerife, enquanto faz uma dancinha e bate suas esporas. – Vocês três têm causado um *monte* de problemas. Parece que cêis vão ficar na cadeia por um looooongo tempo!

Os policiais os arremessam na parte de trás de uma diligência e seguem rumo à vila.

Enquanto Blendin fica amuado na parte de trás da diligência, Dipper e Mabel vão até a parte da frente, onde o xerife está sentado, talhando casualmente um pedaço de madeira.

– Então, hum, Sr. Xerife, qual será nossa punição? – pergunta Mabel.

– Roubo de trem? – ele pergunta. – Bom, por mim, vocês todos se vestiriam como trenzinhos e ficariam andando pela cidade. Quando alguém tentasse roubar vocês, eu não iria impedi-los. Só para vocês verem como é bom! Mas sou meio excêntrico, então eles não me deixam mais escolher as punições.

– Bem, então quem decide as punições? – pergunta Dipper.

– Juiz Enforcalguémporqualquercrime – responde o xerife. – E já vou avisando, ele faz jus ao nome. É um juiz de verdade.

Dipper e Mabel tremem.

– Ele liberou um criminoso somente uma vez – diz o xerife, – E só porque era uma criança!

– Mas *nós somos* crianças! – grita Dipper.

– O quê? Vocês três, vagabundos sanguinários? – O xerife ri. – Vocês claramente são adultos baixinhos por conta da desnutrição, que tá tão popular ultimamente.

– É verdade! – grita Mabel, arrancando a bandana e o bigode falso. – Dê uma bela olhada em mim e no meu irmão aqui!

Dipper tira seu disfarce.

O xerife lhes lança um olhar semicerrado:

– Bem, fui enganado. Vocês são crianças! Hummm... – Ele pega uma chave e os liberta. Hesita diante de Blendin.

– Eu também sou uma... criança? – diz Blendin, arrancando seu bigode.

– Você parece o maior bebezão aqui – diz o xerife. – Além disso, creio que o pessoal da União Calamidade não iria ficar muito satisfeito em aplicar a pena de morte em crianças. Que tal se eu deixar vocês irem, tipo uma segunda chance?

– Sério? Tem alguma pegadinha nisso? – pergunta Dipper.

– A pegadinha é que é melhor vocês irem antes que eu mude de ideia! – diz o xerife.

Dipper, Mabel e Blendin escapam rapidamente.

– Muito, muito obrigado. Nós sentimos muuuuito – Dipper agradece.

– De verdade, sentimos muito, muito! – diz Mabel, limpando a poeira de sua roupa.

Eles correm a curta distância até a vila, secando o suor da testa, aliviados, e trocando sorrisos.

– Bem, agora que conseguimos nos livrar da cadeia, o que faremos em seguida? – pergunta Mabel.

– Acho que nós deveríamos explorar uma das outras opções, se quisermos encontrar a Chave do Tempo – diz Blendin.

ENFRENTAR FORAS DA LEI NA TABERNA: VÁ PARA A PÁGINA 241.

EMBARCAR EM UMA AVENTURA NAS MINAS: VÁ PARA A PÁGINA 259.